Harem Kingdom
キングダム
JN105193
著 たなかつ
画 谷山さん
原作 SMEE
ぷちぱら文庫

光《ひかる》
幼少時からの腐れ縁でいつも主人公と一緒にいたところ、ともに異世界転移したサバサバ系幼馴染。転移後は、王の専属使用人となる。
キキ
窃盗で捕まったところを主人公に助けられた、大人しい奴隷の少女。野卑な主人から買い取られて城のメイドとして働くことになる。

ソフィーヤ
隣国の箱入り姫君。主人公
の許嫁としての立場をよく
理解し役割を果たそうとす
る聡明な性格だが、結構
のんびり屋で茶目
っ気もある。
マルー
主人公を召喚した国の女宰
相。常に冷静沈着、国と人
民のことを第一に考え王を
補佐するが、過度に甘
やかしてだらけさせ
ることはない。
シャルローネ
名家出身の気品あふれる貴
族令嬢。幼く見えるが精神
年齢は非常に高く、猫をか
ぶって年長の相手を手の
ひらの上で転がしたり
もできる。

Harem Kingdom
ハーレムキングダム

CONTENTS

プロローグ

「旦那様……？　起きてください。旦那様……？　朝食のご用意ができましたよ？」

（ん、んん……？）

夢を見ていた――。

空気の香り、日の昇る方角。すべてが俺の知るものとは違う世界。俺はそんな世界の中心で、五人の美女たちに囲まれながら幸せな生活を送っていた。

「お、おはよう……、え、えーっと……、その……、お、お綺麗ですね？」

「あ、ありがとうございます……そ、その……、このソフィーヤ、昨夜もひと晩中たっぷりと旦那様に可愛がってもらいましたから」

は……？　どういうこと？　見知らぬ美人にエスプリの効いた朝のあいさつを返したら、想像の斜め上をいく答が返ってきた……。こんな綺麗なお姫様が〝昨夜もひと晩中、可愛がってもらいましたから〟だって？　しかも〝たっぷり〟と？　これは何？　目覚ましドッキリ？　ＶＲ？　それとも新手の宗教の勧誘？

「おはようお兄様……♪　ちゅっ……♥」

「え、え、えっ？　ど、どど……！　どうもおはようございますっ……！」

「ねぇお兄様、次は私の番でしょう？　みんながダメって言っても、今夜は最後まで……」

お姫様に続いて、何だこのロリッ子！　いきなりキスをしてきたぞ！

「おはようございますご主人様、今朝も美味しいムンジャバ料理ができました。ですので私は……シャルちゃんのあとで構いませんので……」

「何言っているのよキキ。一緒にお兄様に可愛がってもらえばいいじゃない」

なぜ次々と美少女が出てくるんだ！　今度はメイド？　ムンジャバ？　何それ怖い！

「おはよう、ダーリン♪」

「おお！　光！　やっと知っている顔が！」

「はぁ？　あんた何言ってるのさ。それよりタピオカできたの。飲む？」

「……いらない」

「てかシャルローネ！　今晩は私の番でしょ！　何勝手に自分のターンにしてんの！」

「は……、今晩は私の番？　え？　ちょ、ちょっと待て！　光まで何を言い出してるんだ。とりあえず勝手に決めるな！　俺は全日本チキン協会オフィシャル純愛厨だぞ？　ハーレムでさえ御法度なのに、複数同時プレイなんて……」

恋愛は一対一、タイマンで愛を育むのが大原則。いくらカオスな夢とはいえ、こればかりはひとりの男として絶対に譲れない。いや、そんな経験はいままでしたことないんだけどさ……。心構えは大事というか……、こんな男心、分かるよね？

「はぁ……、朝から騒がしいと思ってやってきてみれば揃いも揃って陛下にご迷惑を……」

おお、何だかもうひとり増えたぞ！　しかもできる系お姉さんで話が分かりそう！

「陛下。先ほどのお考えですが──、ひとりの女性を全力で愛し抜く、それは大変に素晴らしいと思います。ですが、もしもです。陛下でなければ『絶対』幸せにすることができない五人の女性が目の前に現れたらどうしますか？」

「………はい？」

「それでもあなたはひとりを選び、残り四人を捨て、不都合な現実からは目を背けて生きるのですか？」

いや、そこまでいわれると──って、いやいや、おかしい！　何の議論だよ！　というか、音もなく現れたこのお姉さんもあっちサイドっぽいな！　お姫様、ロリッ子、小動物系メイド、そして美人のお姉さん！　唯一知った顔の幼なじみの光まで変なことに！

「なあ……光。これ、どうなってるんだ？」

「どうもこうも、あんたが〝複数同時プレイはご法度〟なんていうから面倒なことになってるんじゃないの？」

えっと……光サン？　何を言っているの？　ならば……。

「その、そこのお姉さん？　よく考えてください。世界には男なんてそれこそ星の数ほどいるんですよ？」

「まあ、いますね」

「それがどうして俺なんだよ！　みんな選択間違ってるだろ！」

すがるような眼差しで女性陣を見返すものの……。

「間違っていないわよ？　相手がお兄様じゃなきゃ死んでやるわ」

「私も死にます」

「身投げします」

「リスカ決定ね。浴室で死んでやるっ♪」

ロリッ子、お姉さん、お姫様……そして光までが声を揃えて「死ぬ」って！

とりあえずキミたち、命は大事にしなさい。

「お、おい……！　さっきのメイドの子……！　えっと、ムンジャバ？　キミもなんとか言ってくれ！　こんなの絶対に間違ってるって……！」

「ご主人様に愛されない人生なんて、死よりも苦痛です」

うわ……、これガチなヤツだ……。笑顔を浮かべながら泣いてるよ……。狂ってる！　すべてが狂ってるよこの世界！　何これ？　悪い夢？　いや、いい夢だった……、じゃねえ！　いったい俺の人生ってどうなってるの？

「陛下。いま一度お考えください。この広い世界には、幾人もの女性を幸せにできる。そんな、器の大きな男性も世に存在するということを――」

お姉さんが諭すような笑顔で語りかけてくる……。え……、これ何？　やけにリアルなんですけど？　ほっぺをつねってもふつうに痛いんですけれど？

これは夢なの？　現実なの？

恋愛とは様々なかたち、人それぞれ価値観が大きく異なるモノ。

国や文化が違えば、その考えは如実に変化する。

俺はここ数ヶ月の不可思議な体験から、それを身をもって知ることになるのだった――。

一般人の俺、王様になる

ピピピピ……、ピピピピ……。

どこかで目覚まし時計のアラームが鳴っている……。

(うーん……)

「はいはーい。起きてー。朝ですよー。さっさと顔洗ってー。歯磨いてー。二度寝は脳細胞が死ぬからオススメしないわよー」

バ、バサ——。謎の声とともに、毛布と布団が剥ぎ取られていく……。

「…………寒い……」

「お！　起きた」

「光……、か……？　俺、とてもカオスな夢を見たよ……」

「へぇ、どんな？」

「美女とロリとお姉さんがムンジャバでひと晩中。そしておまえが笑顔でリスカする夢を」

「そいつぁヤベェな」

「起こしてくれてサンキュー。いま何時だ？」

「九時ちょい過ぎ。まあでも、それよりさ、起きたばかりで悪いんだけど。アレ、どうにかしてくれない？」

「アレ？　……ああ、母さんか……」

光が指差すほうを見ると、拡声器を持った見た目だけは美人の女が仁王立ちをしている。

『おはよう我が息子よ。母だ。おまえは十代から今日という日まで光という、そこそこ可愛い幼馴染がいながら、セックスは神聖なものと抜かし、童貞を貫いてきた――』

「またかよ……」

最近の母さんの中ではボイスチェンジャーを片手にデスゲーム風に説教してくるのが流行っているようだ。我が母ながらまったく意味が分からない……。

『光。テメェも同罪だ！　修学旅行、縁日、ふたりきりの誕生日、クリスマス、その他諸々の甘酸っぱい青春イベントがあったにも関わらず、おまえは結局そいつに一度も抱かれることはなかったァ！』

「ごめんなさーい♪　……って、何で私が抱かれること前提なのよ！」

「いや！　俺が知るかよ！」

こうしてアホなやり取りを交わしつつ、顔を洗って歯を磨き、いつもどおりササッと朝食の準備をする。俺の母ちゃんは芸能事務所勤務で日々忙しい。寝る時間も不規則だったりするので、朝だけはこうして俺が毎日準備をしている。

「お待たせ、チーズとベーコンのホットサンドだ」

「あと一分待って、スープもでき上がるから」

『ううっ……!! ありがとう……! これであんたたちがとっとと入籍してくれれば、いうことナシなのに……!』

「……泣きながら化粧するなよ。あとボイスチェンジャーはいい加減やめろ」

しかし母ちゃんの言葉も一理あって、光と俺は小学校時代からのド腐れ縁。中学、高校、果ては大学まで一緒だが、母さんがまくし立てたように歯の浮くような関係には一切発展しなかった。

しかしそうなるのも無理はない。

完全に自覚しているが、こうなった原因はむしろ俺のほうにあった。俺はいざとなると最後の一歩が踏み出せなくなる、全日本チキン協会オフィシャル純愛厨なのだから……。

『それじゃ、私は仕事にいってくるわー。光、今日こそ手を出しちゃいなさい』

「五万円払うなら二時間だけつきあってあげ

りゅ♪」

「払わねーし、可愛くもねえからな！」

嵐のようなひとことを残しつつ、母ちゃんは仕事に出かけていった。ボイスチェンジャーを片手に……。いや、それは置いていけよ……。

残された俺と光は朝食を平らげるとゴロゴロと過ごすべく部屋へと移動する。お互い大学四年。来月にはクリスマスを控えたこの時期にもなれば就活もひと段落し、毎日が日曜日みたいなものだった。

「ねー意気地なし。これ新刊ないの？」

「まだ出てない。来月発売予定だ」

「ねー意気地なし。肩揉んでよ」

「拒否する。ただし五万円払うなら考える」

「ねー意気地なし。このあと買い物付き合ってよ」

「ひとりでいけ。俺は今日一日ここでアニメ三昧の予定が入っている」

いつものように憎まれ口を叩くが、そのお相手である光は成績優秀、スポーツ万能、男女とも交友関係が広く、みんなに優しいカリスマ系ステキ女子。俺から見ても間違いなく高スペックだ。だからこそ、俺は光に対していつもこう思う。

「何で俺なんだよ……」

「いいって。わざわざ……」

「はぁ？　なんかいった？」

「べつに……」

コイツ……絶対男の趣味間違えてる……!!

「あー。難しい顔してるー。はいはい、分かりました。買い物くらいひとりで行きゃあいいんでしょ。朝からウザくてどうもすみませんでしたねー」

「違うって。ほら」

俺は用意していた小箱を光に向かってひょいっと投げる。

「わわっ……!!　ちょ、ちょっと……、急にモノを投げないでよ！　……え、何これ？」

「おまえの内定祝い。昨日から、ずっと渡すタイミング考えてたんだ」

黙っていれば光のマシンガントークが炸裂する。それが俺たちの変わらぬ日常。日々のお礼も兼ねたこのプレゼントは、いつものバカ調子では決して渡したくはなかった。

「う、嘘……私、こんなの全然予想してなかった……」

「当然だ。不意打ちだからな。俺の勝利」

「ば、馬鹿ぁ……。でも、嬉しい……ありがとう……」

「はは、悪い気分はしないな。でもお礼は、ちゃんとその箱を開けてからにしてくれ」

「うん……」

白が上品な、小綺麗な木製の箱をゆっくりと空ける光。

「あ、時計……」

「先月、バイト終わりに壊れたって言ってただろ？　デザインは俺が選んだ。気にくわなかったら諦めろ」

「ありがと……。でも、こういうときくらい、照れなくてもいいのに」

そ、そそ……！　それができたら苦労はしません……ッ‼

「うーん、でもなんか悪いなー。私は内定もらったからいいけど、そっちは結局どうなってるの？」

「聞いて驚け、ゼロだ」

「ゼロ⁉　って、ちょっと待った！　どーせあんたのことだから、実は就活なんて一度もしてないってオチでしょ！」

すごい。全部バレてる。

「いいか光、これからは個人で稼ぐ時代。それが令和だ。就職なんてしなくても人間生きる手段なんていくらでもある」

「いやそうは言うけど、あんたそれで不安になったりしないの？」

「平気平気、べつにそれで死ぬわけじゃないし。下手にブラック入って体壊すより、何百倍もマシだろ？」

「うーん、まあそうだけど……」

俺は昔から、平穏、普通、ニュートラルと、そう言った言葉や環境が大の苦手だった。変化の乏しい日常には堪えられないし、人の意見に合わせて自分の本音を黙殺するのも耐えがたい。だからこう、なんか上手く説明できる自信はないんだけど……。

「どんな仕事にしたって、俺は自分が楽しめないと続かないんだ。たった一度の人生だからな。俺は仕事でもプライベートでも、ゆっくりと自分の人生を模索する」

これが俺の基本的な考え方であり、生きる指針と言ってもいい。どうせ苦労が山積みの人生なら、絶対好きなことやってるほうが得だと思う。割とマジで。

「ふふっ、で？　本音は？」

「楽して生きたい」

「さらに本音は？」

「人の言うこと聞きたくない」

「最後にひと言」

「異世界転生したい」

「アホか！　いい加減正気に戻りなさいよ！　何をこじらせた中学生みたいなこと言ってんのよあんた！　普通はね、大学卒業したら素直に就職すんのよ！　二十代はそのまま上司にいびられて、同期と足引っ張り合いながら毎日クソみたいな人生過ごすんだから！」

「いやだァァァァ！！！！！　そんなクソみたいな社会人生活絶対いやだァ！！！！！」

出る杭は打たれる。それが俺の生まれた国、ジャパンだ。全員右に習えのこの国じゃ、どうしても俺みたいなはみ出し物は自然と淘汰されてしまう。

「飲み会強制参加もいやだァァ！　上司のクソ人生論とかマジどうでもいいィィィ！」

「愚痴が具体的過ぎんのよ！　あんたまだ社会人になってないでしょうが！　だいたいねえ、そんなことばっか言ってるから――」

般若のような表情で俺を睨みつけていた光が言葉を続けようとして息を大きく吸い込んだ瞬間、それが起こった――。

「え……？　何？　あんた、光ってるんだけど……？」

「ちょ、ちょっと待て!!　マジだ！　光！　おまえ、何をした!?」

「な、何もしてない!!　私何もしてないって……!!」

「いや何もしてないわけないだろ!!　何だよこの光!!　オイオイオイ!!　ヤバイ、ヤバイ!!　なんか俺たち浮いてるぞ!?」

「え、何!?　何で私まで!?　無理無理無理無理無理無理ィィィ!!　キャアアアアアアアアアアアアアアアアアアアア――!!」

「うわあああああぁぁぁぁぁぁ――」

俺たちの必死の抵抗も虚しく、俺の身体はさらに発光を増し、光とともに虚空にできた怪しげな穴へと吸い込まれてしまったのだった――。

＊　＊　＊

荘厳なステンドグラスに囲まれた豪奢な広間。大理石で敷き詰められた床の奥には、光輝く巨大な宝石が物々しく鎮座している。その石を前にして壮年のメイドと知的な佇まいの女性が何やら言い争いをしていた。

「マルー様。事情は分かりませんが、新王となる者をここへ強制的に呼び出す儀式には、やはり反対のお立場は崩さないようですね？」

「ええ、そうね。私だって分かっているわ。これがこの国の存亡のために必要なことくらい。ただ、こんな詐欺まがいの儀式で本当に最後の継承者が来るなんて、私にはとてもじゃないけれど信じられないの……」

「は、はぁ……。それでも国の未来のためには……」

「ですからかたちだけは儀式に参加したではありませんか――」

メイドからマルーと呼ばれていた女性が言葉を続けようとしたとき、ふたりのいる大広間に突然激震が走った。

「じ、地震……⁉」

「マルー様‼　あちらです‼　南西の橋に光る柱が……！」

「ぎ、儀式は成功していたということなの――⁉　マリア……！　いえ、アルガス！　あの光の周囲で怪しげな人物を見つけたら手荒な真似をせず、ここに連れてきてください」

「へいへい、かしこまりましたよ」

マルーの命を受けてアルガスと呼ばれた男を先頭に数名の兵士が急ぎ足で聖堂から出て行く。やがて大広間にはマルーとメイドのマリアだけが残された。

再び静寂に包まれた空間。そこにマルーの声が静かに響く。

「もしかして儀式は本当に成功したというの――？」

＊＊＊

怪しげな閃光に包まれた俺と光は、そのまま真白な空間に吸い込まれたかと思うと、やがて大空へと投げ出されていた。

「え、何……！　浮いている……っていうか、落ちてる落ちてる！　し、死ぬって――！　ヴ、ヴフォッ……!?　ア、ア、アァァッ!!　がはっ、ごぼォっ!!　ゴァ……ンベビブ？　ヒィイッ!!　川……？　だ、誰か！　誰か助けて……!!」

空中に投げ出されたかと思えば、そのまま落下して、いまは水没している俺。

自慢じゃないが、俺は泳げない。このままだと死ぬ。

「あの!!　掴まってください……！　ここなら、足がつきますから……!!」

誰かの声がした。俺はその声の主を確かめる間もなく、必死にその身体にしがみ付く！

「ぷはァァッ!!　ゼェ、ゼェ……あ、ありがとう……命拾いした……」

「い、いえ……」

助けてくれたのは古ぼけたフードを被った女の子だった。俺はなんとか川から上がると、岩の上で仰向けになる。マジで苦しい……!!

「ちょ、ちょっとあんた！　大丈夫なの⁉」

声のほうに顔を向けると、レンガ造りの立派な橋の上から光が駆け寄ってきた。

「無理……。なんとかしろ」

「昨日の夕飯は？」

「チョコミント」

バシバシバシ！！！

なぜか往復ビンタをされている……。

「好きなAV女優は？」

「アオイミク」

ブルンッ――！　バシバシ、バシバシ、バシッ――！

ビンタの回転数が上がった……。

「強そうな下ネタ」

「ストロングおちんちんZERO」

ドドドドッ――！　ババババババッ――バシッ！！！

「良かった。頭は大丈夫みたいね」

何この茶番？　ほっぺ、いたいよぉ……。

「あー。流石にまだ頭がボーッとする……。っておい、何でそっちは濡れてないんだよ」

「さあ？　私気がついたら、そこの橋の上にいたから……」

「ん――⁉　ちょっと待て！　どこだよここ‼」

「立派な橋が架っている川べりでしょ？　あんた本当に頭、大丈夫？」

橋⁉　川⁉　俺さっきまで自分の部屋にいたんですけどォォォォ⁉

「ヤバい。光に包まれてからの記憶がない」

「同じく」

「同じくじゃねぇ！　俺たちこれからどうすんだ……‼」

「知らないわよ‼　私だって記憶ないって言ってるでしょ‼」

しかも冬だったはずなのに、ここめちゃくちゃ暑い。

こうして喋ってる間にも、陽光で汗が滲むレベルだ。

「あ、あの……？」

やがてフードの女の子がおずおずといった姿で俺と光の会話に割って入ってきた。そういえば親切にも助けてもらったのに、まだちゃんとしたお礼をしていなかった。

「ど、どうもありがとう。本当に助かりました。俺、昔から泳げなくて、ビート板で完全武装しないとプールですらアウトなレベルで」

「はあ……」

フードの女の子は生返事を返すだけで……。

「……ていうか光、ここ絶対日本じゃないわー。なんか潮の香りも若干違うし絶対日本じゃないわー。日本じゃなかったらどこだと思う？」

「あの世？」

「クックック……、ついに俺の人生もシーズン2に突入してしまったか」

「いや、少しはビビれよ」

ビビってはいるんだけどさ。

「あ、あのっ！　とりあえず、逃げたほうがいいと思います」

放っておくと再び俺と光の漫才が始まってしまうと察知したのか、フードの女の子は少しだけ語気を強めながら橋の上を指さした。するとそこには皮製の鎧で身を固めた兵士らしき集団が俺を指さして詰め寄ってくるところだった。

「おい！　いたぞ!!　橋の下だ!!」

「渡って反対側から回り込め!!」

な、何だ……？　よく分からないけど、なんか超ヤバそう！　とにかく逃げよう！　でも逃げるって、一体どこへ？　こっちは土地勘ゼロだし、まだ頭の中は混乱中。

「船を用意しろ！　対岸も固めるんだ！」

そうこうしているうちに、一団は橋を降りて俺たちがいる川岸へと詰め寄ってくる。

「うわ！　これ、ホントにまずいんじゃない？　あんたさ、ボーッとしてないでなんとかしなさいよ！」

「よし、任せとけ」

パシャ、パシャ、パシャ！　おお、撮れる、撮れる！　防水機能万歳ッ！

「スマホで写真撮ってる場合じゃないでしょ、このバカ‼」

思い切り頭を叩かれた……。

「なんとかしろって無茶言うなよ。俺だって情報も地理もさっぱりなんだぞ？」

「あ、あの……、こっちです……！」

「えっ⁉」

フードの女の子は俺の手を引き走り出すと、川べりから土手を上がり、その先にある石レンガで均された細道を抜け、人通りの多い大通りへと誘ってくれた。

なるほど、街の喧騒に紛れて逃げるということか。

そう思っている間にも街行く人たちにぶつかりながら、どんどん人混みをかきわけて走る女の子。……てかこの子、足の速さが尋常じゃないんですけどっ⁉

「待ってぇ‼　置いてかないでぇぇぇぇ……‼」

光も何かを叫びながら追いかけてきていた。ついてくるだけで必死のようだ。そんな光を気にしつつ、大通りを抜け、脇道に逸れ、さらに奥まで進むと、不良少年たちが気弱なおじさんをカツアゲをするのには最適な薄暗い路地に辿り着いていた。

「ハァハァ……！　こ、ここなら……大丈夫だと思います……」

「はァ、はァ……！　あ、ありがとう……」

俺、お礼もそこそこに地面にダウン。川で溺れかけたあとの全力ダッシュは流石にキツい。ようやく俺たちに追いついた光も足を止めた瞬間にダウンする。

とりあえずひとまずの危機は去ったのか？

それじゃあ、あらためて現状の確認といこうか。

「あの、ひとつ質問してもいいかな……？　ここどこ？」

「えっと、ここは……パルエッタです……」

「パwwルwwwエッwwwタwwwwwwwww」

「あ、あんた何笑ってんの……」

ごめん。俺にも分からん。

「あの……、よく分かりませんが私はこれで失礼しますね……。どうかお気をつけて……」

様子のおかしな俺と光に関わりたくないと思ったのか、俺たちをここまで逃がしてくれたフードの女の子は、ここがパルエッタという謎の土地だと告げると、ぴょこりと頭を下げて喧騒に紛れて姿を消していった。

そして俺たちはその一分後、屈強な兵士に捕まって、怪しげな建物へと連行されていた。

俺たちの必死の逃避行……無駄だったんじゃない？

＊　＊　＊

「宰相殿。連れてきたぜ」

「ご苦労様です、アルガス。しかし手荒な真似はするなって言ったわよね？」

「してねぇよ。する必要もないしな」

「俺、このオッサンに……腹パンされました」

「私は胸揉まれました」

「アルガス……。殺すわ。膝をつきなさい」

「いやいやいや!!　信じるなよ!!　殴ってもいねぇし揉んでもいねぇって!!」

美人のお姉さんに頭が上がらない様子の髭のオッサン。何なんだ？　本当にさっきから状況が読めずに混乱する。オッサンの他にも、どうも見ても剣や槍で武装した連中が俺たちの後ろにさらに十人。

「もう何なのよぉぉ!!　私たちべつに悪いことしてないじゃない……!!　記憶もあやふやだし、混乱しててホントに怖いんだから勘弁してよぉぉ……」

「あ、あのー、美人のお姉さん？　コイツの言うとおり、俺たちもう何がなんだか分からないんですよ。さっきまで自宅にいたんだけど、気がついたら妙な光に包まれて――」

戸惑いながらもこれまでの経緯を説明する俺と光。その最中にも、目の前のお姉さんがその端正な顔を近づけながら俺のことをジッと見つめてくる。

見つめる……見つめ……いや、近い、近い！　顔と顔の距離、三十センチ切ってるって！

「な、何でしょうか……？」

「安心してください。この拘束は本意ではなく、我々の目的はあなたたちの保護なのです」

「保護……？」

「じゃあこの縄ほどいてよ！　レディの肌に痕でも残ったらどうすんのよ……！」

保護と聞いた瞬間、光が真っ当な要求を口にする。たしかに保護ということなら、俺たちが拘束される謂れはない。

「失礼しました。アルガス縄は解いて」

「了解しやした。おい！」

アルガスと呼ばれていたオッサンが部下らしいヤツを顎で使う。その刹那、小振りのナイフが、俺と光を拘束した縄をたやすく断ち切る。このナイフ、本物……!?

「あの、質問ばかりで悪いとは思うんですけど、保護って……？」

「その前に、こちらへ」

そう言うと妙にデカい石の前へ誘導される俺。何この光る石は？　とりあえず分からないことは聞いてみるしかない。

「お姉さん、この石は何？　ゆっくり点滅を繰り返してるけど、電気で光ってるの？」

「おいおいマジかよ、こいつ礎《いしずえ》の石を知らないって……。こっちはここまで連れてきてもまだ半信半疑だったんだぜ、宰相さんよ」

なんかいまの俺のひと言でオッサンをはじめとする周囲がどよめき始める。勘弁してくれ。

「まずは目の前の石に手をかざしてみてください」

「こ、こうですか……？」

「それから目を閉じて、ゆっくりそのまま石に触れるのです」

言われたとおりに目を閉じる。そしてそのまま、ゆっくりと手のひらを目の前の石へ。

「お、おぉ……！　こりゃあビックリだぜ……」

「え、なになに⁉　めっちゃ光ったんだけど！　あんた何やってんのよ！」

「ゆっくりと目をお開けください」

「な、なんか、いま体の中が一瞬熱くなったんだけど……」

目を開けて石に触れた自分の右手を触ってみる。気のせいじゃない。指先が特に熱くなっているのを感じる。気がつけばお姉さんは、恭しく膝をつき頭を下げていた。

「陛下。これまでの数々のご無礼、お許しください。そして……このパルエッタにようこそおいでくださいました」

「へ、陛下……⁉　俺のこと……⁉」

「戸惑うのも無理はございません。ですがしっかりとお聞きください。あなた様は先々代の王、ロズオーク様の忘れ形見にして最後の礎の石の使者。正当なる第二十三代、このエルミナ大陸全土を統治するパルエッタの新王なのです」

（あ、あれ……？　地面が揺れて……。地震かな……？）

そう思った瞬間、急に身体の力が抜け、その場に立っていられなくなった。やがて次第に耳も遠くなり、完全に体の自由がきかなくなる。

「ご安心を、陛下。石との共鳴による一時的な現象です」

「仕方ねぇ。とっとと城へ運ぶか……おい、誰か肩を貸してやれ」

家でいつもどおり、母ちゃんの前で光と痴話喧嘩していたかと思えば、いきなり光に包まれて、このパルなんちゃらに行き着いた俺たちふたり。おまけに石がどうとか、俺が王とか、何だかトンデモ展開を聞かされていたような気がするが、一度にいろいろなことが起こり過ぎて、流石の俺もこの日ばかりはこのまま眠ってしまいたかった。

そんな欲求に身体が応えたのか、やがて俺は深い眠りへと落ちていった。

…………………………。

……………………。

…………。

「……はッ！」

「おはようございます陛下。お目覚めですか？」

あ、あれ……？　あのときの綺麗なお姉さん？

「ココハ、ドコ……？」

「ここはパルエッタの王城。陛下の寝室になります」

「パルエッタwwwww」

「何がおかしいのです？」

思い出した。昨日光と一緒にこのイカれた国に飛んできたんだっけ。それにしてもやけにでかいベッドだ。俗に言うキングサイズっていうの？　余裕で六人は寝られそうだ……。

「す、すごい。まだ全然実感湧かないんだけど。あの、お姉さん？　ここ本当に俺のいた国じゃ……ないんだよね？」

「ええ、そのとおりです。それから陛下、私のことはマルーとお呼びください」

そうそう、それともうひとつ。この『陛下』ってのがまた厄介そうだ。こっちはただの一般人でおまけに学生なわけだし、それが急遽陛下ってどう考えても無理あり過ぎぃ！

「マルーって、お姉さんの名前？」

「はい。マルー・アルトウィンと申します」

「あの、ごめんなさい。失礼を承知で、しばらくの間お姉さんって呼んじゃ駄目ですか？な、なんかどうも、年上相手にいきなり呼び捨てって、かなり抵抗を感じるというか……」

「……承知致しました。陛下がそう仰るのでしたら」

なんかすべてが仰々しく感じる。ただそのおかげか、いまは不思議と緊張はしていなかった。個室に大人の女性、しかも超美人とふたりきり……。普段の俺なら顔を真っ赤に染め上げ発狂している自信があるけど、何故だかいまは落ち着いて話すことができていた。

「それにしてもこの部屋、すごいな……。これ、全部で何畳あるんですか？」

「陛下。私相手にはもう少し砕けた口調でお話しください。立場上、私を顎で使うくらいが丁度いいのです。そのほうがこちらとしても助かります」

「分かった。じゃあ開き直って聞くけど……お姉さん何歳？」

「着替えはこちらにご用意しました。後ほど朝食の準備も整いますので」

華麗に無視される。

「あ、あれ？　着替えって……そういえば俺、いつの間に着替えたんだ……？」

やたらさわり心地のいい布団を剥ぐと、寝間着姿の自分に気がつく。

「失礼かと思いましたが、昨夜の内に使用人と私がお着替えのお手伝いを」

「お姉さんが着替えさせたの⁉」

「はい。昨日は突然の陛下の登場に、城内もざわついていましたので、今後しばらくの間は私を含めた少数の者で陛下の身の回りのお世話をと考えています」

「き、着替えはいいよ！　自分でできるし、そこまで俺も子供じゃないから……‼」

異世界に飛んだその日にして既に美人の前でチンコを晒したらしい俺。なんか向こうはケロッとしてるけど、男としては少々複雑な気分なんですが……。

「どうされましたか、陛下？」

「そ、その……粗末なチンチンですみません」

「はあ……？　チンチン……ですか？」

「あ、いや、何でもないです……」

妙な空気が流れてしまう。そんな空気を変えようと次の話題を探していたとき、扉をノックする音が部屋に響き渡った。

コンコン——。

ドアが開かれると、そこには昨日もこのマルーさんのそばに控えていたメイドが姿を現した。そういえば彼女はかなりの年配みたいだけど……とりあえず名前を聞くまではババア(仮)と呼んでおこう。

「マルー様、お連れしました。さあ、あなたもどうぞこちらへ」

「チャオ☆」

ふつうに出てきたな光！　いや、格好はふつうじゃないけどな！　何でこいつはババア(仮)と同じようなメイド服を着てるんだ？

「おまえどこ行ってたんだよ。――ってかその格好は何だ？」

「あぁぁん♪　陛下、旦那様、ご主人様ぁぁん♪　目を覚まされたのね！　光、感激ィ！萌え萌えキューーン♪」

光はありったけの愛想を俺に振りまいたかと思えば、急にまじめな顔をマルーさんとババア(仮)に向けて言い切った。

「三分ください」

「……ええ、構いませんが」

突然現れたメイド姿の光に、部屋の隅へと引っ張られていく俺。

「冗談じゃないわよ！　何よあんた陛下って……!!」

「いやこっちが聞きてぇよ……！　まだ俺頭ボーッとしてるし……！」

昨日見た妙な夢が、まさか現実になるとは。異世界に陛下ときたら、次は何だ？　世界救済の旅でも始まるのか？

「こっちはこっちで大変だったんだからね！　あんたが陛下なら私は何って！　おかげで昨日からずーっとネチネチ尋問されて、挙げ句の果てには犯罪者扱い一歩手前よ……!?」

「いい記念になったな」

「そこのマルーさんが助けてくれなかったら、私は今頃とんでもない扱い受けてたわよ！」

なるほど、信じる信じないはいいとして……、俺にそれなりの地位があるんだとしたら、俺と一緒にいた光は一体誰なんだって話にはなる。

「マルーさんの機転で私、あんたの専属使用人ってことになってるの。もう本当に、こっちは昨日から精神的にも肉体的にもクタクタよぉ……」

「……お気の毒に」

「なに、他人事みたいに言ってるのあんた！」

ああ、コイツと話してると若干落ち着く。

「陛下。お話の途中で申しわけありませんが、続きは昼食を摂りながらにしませんか？」

「昼食……？　もう昼なのか……」

そういえば昨日から何も食べてない。意識をすると腹が鳴ってしまいそうだ。

「ではまずはお着替えを――」

マルーさんとババア(仮)が俺の服を脱がせにかかる。

「だ、大丈夫ですから!!　自分で着替えられます！！！」

俺はなんとかひとりで着替えを済ますと、マルーさんに案内されて食堂と呼ばれる大広間へとやってきた。

「はぁ……、スケールでけえ……」

「こんなことで驚いてちゃ精神がもたないわよ。なんかここってお城らしくて、何から何までいちいちでかくて豪華なのよ……」

するとそこにババア(仮)がめっちゃ高そうなカートワゴンに食事を乗せてやってきた。

「お待たせ致しました。こちらが本日の昼食なります」

「良かったぁ。私昨日からずっとお腹ペコペコで……」

献立はシチューとパン。他には魚の蒸し焼きが目に入る。飲み物はどう見ても赤ワインっぽい何かで、目の前にある透明なグラスに注がれていくが……。

「ささ、陛下？　お先にどうぞ？」

「いや遠慮するなよ光。おまえから先に食べていいぞ？」

姑息な心理戦。だって、見知らぬ土地の食べ物って想像以上に怖いんだって！

「陛下、どうぞ安心してお召し上がりください。毒に頼らずとも、その気になれば命を絶つ手段はいくらでもございます」

なんかこのババア(仮)怖いことサラッと言いやがったな!?

「そう……。じゃあ遠慮せずに……んっ！　あ、美味しい！　これシチューかと思ったら野菜スープだ」

「どれどれ……おっ！　本当だ、ミネストローネっぽい」

よく見ると、にんじんやトマトも入っている。良かった、こっちの世界でも食事に関しては問題なさそうだ。そして光……、毒味サンキューな。

「ところであんたさ、陛下って何？　まさかそのまますんなり信じてるんじゃないでしょうね？　大事なことなんだから、いまここでちゃんと聞いておきなさいよ」

「おまえから頼む。なんかこっちから聞くのは怖い」

「えぇー、意味分かんないんですけどぉ？」

「分かったよ……。じゃあ……えっと、あの……マルーさん？」

すると傍らに待機していたマルーさんがゆっくりと口を開く。

「はい、陛下」

「とりあえず――死ぬほど質問があるんだけど！！！！！！」

「もちろんです。こちらもいくつか確認がございます」

良かった、とりあえずこちらの話はちゃんと聞いてくれるらしい。そこで俺は思いつく限りの質問を投げかけてみた。

ひとつ、陛下は間違いで、俺と光は一般人だという事実。

ふたつ、俺たちは日本の自宅からこの国まで不思議パワーで瞬間移動したっぽいこと。

みっつ、礎の石って何……？　説明プリーズ。

「陛下。それらにお答えする前に、まずお伝えしておくべきことがございます。我々は昨日、古代の秘術によりあなた方おふたりをこの地に召喚致しました」

「召喚ｗｗｗ」

「ちょっとあんた、いきなり笑ったら失礼でしょｗｗ」

「おまえも爆笑してるだろｗｗｗｗｗ」

「……驚いている様子はありませんね。何故だか腹は立つけど、悲観的に捉えられるよりはマシですか」

ヤバい、お姉さんちょっと怒ってる。

「ゴホン！　いま、この国の玉座は空席なのです。前王であるウォード様の死後半年。我々は一縷《いちる》の望みに賭け、最後の王家の血を引く者を探しておりました」

「お、王家の血……？」

「噂では先々代の王であるロズオーク様には、娼婦との間に内密に儲けた子がいたとか……。我々も最初は半信半疑でした。しかし仮にその噂が本当ならば、例え国外にいようと儀式によってこの場に最後の王を召喚できるのではないかと試した結果――」

なるほど。

「つまり理由は分からないけど、その儀式が事故って、俺たちが何故かこの国に呼び出されたということね？」

「じ、事故だったわけぇぇぇ……！　私せっかく就職決まったのにぃぃぃ……！！！！」

まあでも、変な僻地に飛ばされて死ぬよりは何倍もマシだと思う。砂漠にでも放り出されて、水もなくそのまま死ぬとか絶対にいやだ。

「まあその、細かい事情は分からないけど、とりあえず俺たちはこの国の王とは無関係だからさ、なんかその期待外れで申し訳ない。ホントすみません」

「それに関してですが……真相はどうであれ、あなたには確かに我がパルエッタ王家の力が備わっているようなのです」

「………へ？　いやいや全然意味分からん……‼　そもそも根拠は……⁉　俺が王とか、力がどうのってヤツの根拠を示してくれ……‼」

「根拠ならあります。昨日、陛下は教会で礎の石に触れ、我々の目の前でその大きな力を見事に引き出していました。あの巨大な石は、王の血を色濃く受け継ぐ者にしか応えない。礎の石とは、そういった非常に特殊な物なのです」

「ぷぷぷっ、まさに石に選ばれし王の末裔ってヤツ～？」

光――おまえ、何でさっきから他人事なの！！！

「あの、それが本当なら、俺ってこのあとどうなるの……？」

「残念ですが、我々にも深刻な事態なのです。あの石が応えている以上、あなたのこれまでの素性はともかく、是が非でも本日よりこの国の王として、かたちだけでも振る舞っていただかねばなりません」

ガーン……！！！！

「無理無理無理無理‼　俺、王とか絶対向いてないいし！　昔から協調性ゼロだし！　頭は悪いし！　おまけに時間にも超絶ルーズだし‼」

「さらに言うなら、内定もゼロだしね～」

だいたい国のトップって何するんだ？　政治とか無理ゲー過ぎるし、地元でレジ打ちするのとはワケが違い過ぎる。

「マルー様。私にはとても不安な話にしか聞こえません」

ババア(仮)がしごく当然の言葉を口にする。うん、俺もそう思う。

「あのー、マルーさんでしたっけ？　幼馴染の私が言うのもアレですけど、コイツに国任せたら絶対ヤバいことになると思いますー」

よしいいぞ光！　いまはここぞとばかりに俺をディスれ！

「安心してください。私が全力でフォロー致します」

あ、そうですか……。いまの俺に拒否権はなさそうだ。まずは自分たちの状況をしっかり確認できるまで、ここはおとなしく言うとおりにしよう。

「だ……だいたいの事情は分かりました。俺たちも困っているのは事実だし、ここは一旦協力させてください」

「理解が早くて助かります、陛下。ではまず当面の問題となりそうな、ソフィーヤ様とシャルローネ嬢についてお話ししておきましょう」

ソフィーヤ様？　シャルローネ嬢？

「えっと……誰なんですかそれ？」

「新王の戴冠式後に陛下とご成婚なさる、ふたりの女性でございます」

…………はい？

「え、ご成婚って、そのふたりはその……、は、花嫁ってこと……？」

「ええ。婚礼は明日以降になりますが、おふたりとも既に城内におられますので」

「やったじゃん！　おめでとう！　あんたもこれで、晴れて童貞卒業ね!!」

俺の幼馴染には、ロマンもへったくれもないらしい。

「急な話に聞こえるかもしれませんが、少なくとも当分の間は、陛下もおふたりとは親しくなっていただきませんと……。ところで陛下、女性はお好きですか？」

（ヒィィッ……!!）

ただでさえ女子の前では緊張するのに、結婚とかヤバ過ぎ！！！！

「意外ですね。青くなって固まっていますが」

「ああ、コイツ全日本ウルトラチキン選手権歴代トップを走る男だから。女子には絶望的に奥手なんです」

「それは困りましたね……。どれほど奥手かは存じませんが、後々それが悪影響を及ぼさなければいいのですが……」

あ、悪影響……？

「陛下、ひとまず本日は体を休めてください。食事のあとはこのマリアに城内を案内させます」

「申し遅れました、城内の使用人を束ねております。マリアです」

ババア(仮)の名前はマリアというらしい。

「ど、どうも、陛下です」

ぎこちない自己紹介が済むと、マルーさんがこれからのプランを組み立ててくれた。

「それで落ち着きましたら、タイミングを見てシャルローネ嬢にお声かけするのが宜しいかと。ソフィーヤ様は本日、別館にて他の諸侯と面会の予定が入っていますので挨拶は明日以降となりますが」

「あ、あの、俺本当に今日は城でブラブラしてていいの……？　いちおう王ってことなら、そのソフィーヤやシャルローネっていう女性の他にも、少なくとも身近にいる人に顔くらいは見せておかないとまずいんじゃ……」

なんとなく流れで王様になってしまったとはいえ、そういうところが気になるお年頃。マルーさん、大丈夫なんですかねぇ……？

「平気です。むしろ陛下は堂々としていてください。しばらくの間、陛下は召喚による衝撃で記憶が飛んでいるという話にさせていただきます。光さんの処遇も合わせて、私はいまから家臣たちと今後の展望について話をまとめてきますので……マリア、あとはお願いね」

「はい。お任せください」

そう言うとマルーさんは一瞬こちらに優しく微笑みかけてから部屋を出ていった。

「このまま東廊下を抜けますと、大浴場や炊事場、あとは中庭などにも続いております」

「わぁ……。分かっちゃいたけど、めちゃくちゃ広くて綺麗ねぇ……」

「コミケが開けそうな広さだな」

ババア(仮)改めメイド長のマリアさんに連れられて城を見て回る俺と光。西洋風の城なんてこれまで全く縁がなかったのに、今日からここに住むことになるなんて……。

しかもマルーさんが俺の私室の他に、光の部屋も急いで準備してくれるらしい。

あの人、なんか普通にいい人？

「ところで……おふたりは、大変仲が宜しいようですね？　幼馴染とお聞きしましたが、もしやそれ以上のご関係では？」

「光とはセフレの関係です」

「だから何であんたは私相手だと平気でそんな冗談言えるのよ!!」

エスプリが効いたジョークに対して光は、笑顔を浮かべながら指で「チョキ」の形を作り、こともあろうかそのまま俺の目玉に突っ込んできた。

「ぎゃあああああああああああああああああああああ!!」

「なるほど、分かりました。光様は陛下の保護者的立場なのですね」

すごい、マリアさん。一瞬で俺たちの仲を看破しやがった。

「こちらが大浴場で、あちらが炊事場、階段を上がると兵舎になります。そしてこの通路を抜けると……、ここが中庭となります」

「あ、待って、人がいる」

「そりゃいるだろ。誰でもいいから挨拶はしておこうぜ」

　円滑な人間関係の第一歩はまず挨拶。俺が王様だからとか、いまはそんなこと関係なく、城内の関係者ならひと声くらいかけておかないとならないだろう。

「でも、いいの……？　あれって絶対……あんたが逃げ出しそうな、超絶美少女だと思うんだけど？」

　中庭でひとり、鳥に囲まれながらフルートらしき楽器を演奏している女の子。遠目から見ても、ハッキリと分かる白い肌。どこか育ちの良さを感じさせる雰囲気とともに笑ったら絶対に可愛いだろうなと思わせるあのオーラ……。

「あ……。やっぱ無理……。絶対どこかのお嬢様っ子じゃん……。光、部屋に戻ろう！」

「あちらにあらせられるのが、先ほどお話に出ましたシャルローネ嬢でございます」

　俺が踵《きびす》を返して部屋に向かおうとすると、いつの間にかマリアさんが笑顔で手首をホールドしていた。このババア……なかなか侮れない。

「さっそく嫁との初対面チャンスじゃん。頑張ってきなさいよ」

「な、何をどう頑張ればいいんだ？」

「しらないわよ。でもどうせあとで挨拶するなら早いほうがいいじゃない。上手くやって仲良くなれれば、あんたも心配事がひとつ減るでしょ？　ほら行ってきなって♪」

「か、簡単に言うなよ！　ただでさえ女子相手には緊張するのに……！」

　冗談じゃねぇ。俺は平穏な生活を望んでいるんだ！

「光様。陛下は、なぜ女性にここまで緊張するのですか？」

「さあ？　なんかいろいろ理由はあるらしいけど、私にはさっぱり分からないわ」

「……理由の大半はおまえのせいだぞ？」

「はいはい。すぐ人のせいにしないの。ほら、さっさと行った行った」

「そうですね、いい機会です。シャルローネ嬢に緊張するようでは、ソフィーヤ様とはまともに会話もできないと思いますし」

「へー。マリアさん、そのソフィーヤさんってどんな感じの子なんですか？」

「それはそれは大層美しい隣国の姫君です」

はああぁぁぁぁ⁉　ガチのお姫様なのかよ⁉　まさかの隣国プリンセス。

「ハ、ハハハッ……。俺、王様辞めたい」

「うんうん。あんたにとっちゃ、拷問のようなシチュエーションね」

会う前からハードルが上がり過ぎて動悸がする。俺、そのソフィーヤって人にあったらその場で卒倒するんじゃないの？　だいたい『姫』とか『嬢』って何だよ。日本の一般ピーポー出身の俺が、どうやってそのお姫様とかお嬢様と会話するんだ？

頭が混乱する中で俺は光とマリアさんに見送られて、シャルローネ嬢の元へと渋々と歩を進める。だって、ふたりの「さっさと行け！」という圧がすごいんだもん！

そうこう考えている間にも女の前にたどり着いてしまった……。

くそ、とりあえず無難な会話からきっかけを探ってみるか。

「あ、あのー？　今日はいい天気ですね？」

「……あら、初めましてして陛下。私は東の地、エルスパから参りましたシャルローネと申します。昨日はその、お部屋までご挨拶に伺ったのですが……まだ意識が戻られていないご様子だったので……」

うわ、容姿だけじゃなくて、声まで可愛いぞ！

しかも何だこの天使のようなスマイルは!!　しかもしれっと手を握ってきた！　もしかしてこの子、何気にボディタッチ多い族……!?

（ヒィィィィィィイィッッッ!!）

心の悲鳴が止まらない。助けろ光！　手汗が！　動悸が！　慢性童貞胃炎が……!!

「あの……、私。昨夜陛下にご挨拶に伺ったときに、驚いてしまって……」

驚いた？

「陛下がその……こんなにお若い方だとは、

私まったく予想していなかったもので……」

あー、確かに。普通は王様って聞かされたら、なんとなくオッサンばかり想像するもんな。なんかこう中年男が、これ見よがしに美女を周りに侍らせているというか。

「なんだかこうしてお話ししていると、陛下というより……お兄様……とお呼びするほうが、自然な感じがしますね」

「すまん、シャルローネ嬢。いまのセリフをもう一回……」

「お兄様……？」

「もういっちょ！」

「お兄様♪」

「最後にもうひと声！」

「ふふっ、もう駄目です。お兄様の安売りはいたしません♥」

（ヤベェ……）

母ちゃんごめん。時代はロリだよ。光にはこの要素が絶望的に足りないんだよな。しかしこの子、見た目も中身もべらぼうに可愛い。こんな子が問答無用で嫁入りなんて、なんだか本当に不憫になってきた。

「えっと、その……シャルローネって、普通に呼んでいい？」

「は、はい。もちろんです……！　どうぞ、陛下のお好きなようにお呼びください。ただ、そ、その……短く、シャルって呼んでくださると、私はすごく嬉しいと申しますか……」

「シャル……」

「うれしい……ありがとうお兄様」

嫁でお兄様でロリ可愛い。ここで俺が彼女に溺れても、神は絶対に許すに違いない。

しかし――。

「えーっと、シャル？　シャルちゃん？　ごめんね……。俺、昔から頭のイカれた幼馴染のせいで、ちょっと女性に対して偏見入ってて……」

「聞こえてるぞゴラァァァッ！！！！！！！！」

遠くから光の咆哮が聞こえてきたが、ここはスルーしておこう……。

「ホント、申し訳ないんだけど……俺、そういう演技にはほぼ１００％気づいちゃうんだ」

「あら陛下、何のことかしら？」

俺は物心ついたときから、女子をあらゆる角度から眺め回してきた究極の変態。理屈ではなく空気で分かる。この子はいま、その容姿と愛嬌をフルに使い、この場で俺を完全に篭絡しようとしている。

「無理しないでいいよ。普通に話そう。どちらかというと、俺のほうが緊張してるし余裕ないんだよ。ほら足なんて震えてるし。ね？　俺に媚びたって、なんか一切得なんてしなさそうでしょ？　というか、頼むから――」

目の前のお嬢様はポカンとした口を開けて俺を見上げてくる。

「ぶっちゃけると裏とか怖いんだよ!!　普通に喋ってください！　なんとかお嬢様!!」

「はぁ……なんとかじゃなくて、シャルローネです陛下。不思議な方ですのね。正直に申し上げますと、王族の雰囲気すら感じません。まさか、偽物を使って本当の陛下は私を試しているのでは？」

そうだね。その展開ならどんなに俺も良かったことか。

「いろいろ複雑なんだ。でも俺、いまこの国の王。正真正銘のキングらしい」

「ら、らしい……？」

俺の言動に明らかに不審がるシャルローネお嬢様。というか君、城の中とはいえお嬢様なら護衛とかつけなくていいの？　そういうもんなの？

「でも不思議だわ。陛下、よく私の演技を初見で見抜きましたね」

「……言っていいの？」

「え？」

「だって手、震えてるの分かるし」

「……ッ！」

すぐに俺の手を離す彼女。傷つけるつもりはない。もちろん喧嘩を売るつもりもない。ただ、女子が震えながら男の手を取るなんて、そんなの俺の価値観からすれば異常だ。

「ゆ、油断したわ……恥ずかしい……」

そう言うと急に顔を赤くするシャルローネちゃん。く、くそっ……！　そっちが素ならむしろ余計にドキドキするんだが……!!

「ごめん、俺も事情はまだ完全に把握してないんだけど、この国というか、俺のところに嫁ぐなんて絶対に止めたほうがいいよ」

「し、心外です。私がそんなにお気に召さないと？」

逆だよ逆。お気に召しまくり！

「いや、冷静に考えてくれ！　いや考えろ！　たった一度の人生なんだよ⁉　しかもその容姿！　すでにおぎゃーガチャからSSRの勝ち組路線‼」

さぞかし可愛い母上とイケメンのパパ上からお生まれになったのだろう。

「頼むから！　頼むからもう一度考え直して、次はどこかの国のイケメンとゴールインしてくれ……‼　なんか、お姫様もここにいるんだろ？　俺、もう強制的にうんぬんとか、恋愛スッ飛ばしてあれこれって、何て言ったらいいのか、本当に不憫で……」

俺は男だからまだいい。恋愛に失敗したら、潔く独り身で死のう。でも女子なら、どんなことがあったって自分の幸せを考えるべきだ。俺はいやだぞ、こんなに可愛い子が家の事情で影で泣いている姿を見るなんて。

「もう開き直るけど、初恋は？　好きな男くらいいるんでしょ？」

「いないわ。私を本気で惚れさせる殿方は私の生まれたエルスパにはいなかったもの」

「ごめん、生意気言うけど……その歳で理想が高過ぎると、あとで大変だよ？」

婚活でヒィヒィ言って後悔するなら、せめて年収かルックス、どちらか妥協はしないと。

「じゃあキスは？　なんか君、明らかに小悪魔属性だしチュウと愛嬌で、ひとつくらい国

る。

歴史に詳しくはないが、凄惨な事件と亡国の裏には悪女の存在がいることは知っている。すべてがそうだと決めつけるつもりはないが、俺にもそういった経験がないわけでもない。ひとりの小悪魔女子大生の暗躍によって、以前バイトしていたドーナツ屋は潰れた。可愛いという理由で雇ったものの店長と不倫の末に家庭が崩壊し労働現場にも飛び火という黄金パターン。アレは悲惨な体験だった……。

「キスだって、もちろんしたことはないわ。仮にしていたとしたら、昔、お母様に何回か……というくらいね。でも陛下？　キスがお望みでしたら？　早くそう言ってください」

「はい？」

「目を閉じてください。私も少し恥ずかしいので……」

（ちょ……!!　ちょぉぉォォォォッ!?）

狼狽しながらも思わず目を閉じてしまう。これが男の悲しい性だ……。

しかし待っていたのは期待していた唇へのキスはなく、左頬を抓られるという軽いドッキリだった。

「ふふっ、冗談です♪　でもね、陛下。覚えておいてくださいね？　私、いくら陛下がお相手でも、もう変にかしこまったりするつもりはないわ。だって、今日の会話で陛下がどんなお人なのか何となく分かってしまいましたし、それに……、何でも都合良くへりくだる女なんて、陛下も一緒にいて退屈なだけでしょう？」

　ガーン……。おまえ、じつはとんでもないロリだな⁉

「陛下のお考えは分かりました。でも私、婚姻に関しては納得済みですので、それでもなお陛下が私に本当の恋をしろと強く仰るのなら……」

　シャルがそっと俺の耳元で呟く。

「陛下が、これから私を、夢中にさせれば宜しいのではなくて……？」

「………⁉」

「ふふっ、それではまた後ほど、お兄様♪」

　そこまで言うと、周りの鳥たちと一緒にこの中庭をあとにするシャルローネ嬢。なんか、不思議な気分だ。見た目は子供らしくて可愛いのに、妙なところで俺より達観している。とにかくこう表面上は友好的、でも裏では何を考えているのか分からないところもあって……。

　まあいまは深く考えるのはやめておこう。とにかくあの小悪魔系ロリお嬢様シャルが俺の花嫁のひとりであるのは間違いないのだから。

＊　＊　＊

　シャルローネとの対面をどこからか聞きつけたのか、もうひとりのお嫁さん候補であるソフィーヤ姫からも「ぜひとも今日中にお話をしたい」という申し出があった。

　さすがに一日でふたりもの女性と話ができるほど俺の心は強くないので断りを入れたか

ったが、マルーさんの「花嫁はできるだけ平等に扱わなければ後々の火種になりますが、陛下は乗り切る自信がおありですか？」との脅しに折れ、俺は渋々面会を承諾した。

「光、チェックを頼む」

「はい陛下。カモン」

これからいよいよお姫様と初対面することになる。入念にヘアスタイルをチェックしてもらい爪も切る。ちなみに爪切りはなく、あの怖いオッサンにナイフでやってもらった。

「髭は？」

「大丈夫。自信持ちなさい。いまだけあんたはチキンじゃなく世界一のイケメンよ」

「笑顔チェック」

「うん。胡散臭い」

「鼻毛チェック」

「出てないけど一応一回指を突っ込んでおくわ」

光の小指が両サイドの鼻の穴へ。いやちげーよ!!　押し込むな!!　鼻毛くらい切らせろよ!!

「はぁ……。お兄様って……ホント、不思議な人ね……」

同じ部屋で優雅に紅茶を飲んでいるシャルローネお嬢様に呆れられてしまった。

ちくしょう、お茶飲んでるだけでもバッチリ絵になってるじゃねーか！

「陛下。姫様がテラスにてお待ちになっております」

「ああ、マルーさん、ありがとう……。すぐに行きます」

これで高飛車傲慢プリンセスだったらどうしよう。それならそれで好きだけれど、でもその手のタイプも俺、上手くは喋れないと思う。ああ、ドキドキする！

お姫様が待つテラスへと向かう道中は、緊張と期待と恥ずかしさ。その他諸々の感情が俺の中に渦巻いていた。

（い、いた……!!）

手すりに両手をつけて海を眺めている後ろ姿をひとことで形容するならば『ＴＨＥ清楚』。すごいよなんとか姫！　体中からマイナスイオンを発してる感じ！

後戻りもできない俺は、覚悟を決めてお姫様に挨拶の言葉をかけた。

「は、初めまして……どうも姫様」

……。

………。

えーっと……？？　何だこれ、放置プレイ？

「あ、あの……姫様？」

…………あれ？

「そ、ソフィーヤ姫……？」

「すやすや……すやすや……」

え!?　寝てるの!?　ここ外なのに!?　え、えェエエ……！　すげぇ可愛いけど、すげぇ反応に困る！　え、何？　隣国の姫様はロマン溢れる眠り病……!?

俺がどうしたらいいのか対応に困っていると、背後から突然声が聞こえてきた。

「姫様はお昼寝中です。本日はさまざまな方との挨拶回りに、ひどくお疲れなのです」

「うわっ！　いつのまに……ってか、キミは誰……？」

「申し遅れました、風の者です」

「それ名乗ってないからな？」

何だよ風の者って！　そうこうしているうちに眠り姫がお目覚めのようだ。

「ふあぁぁぁぁ……。ご、ごめんなさいルル……私、どれくらい寝ていましたか？」

ルルっていうんだ、この風の者。お姫様の従者か何かか？

「ご安心を、三分ほどでございます」

「よ、良かった……。では、陛下が来る前にもう一度髪のチェックをお願いしてもいい？」

「お任せください」

俺の目の前で、これまた先ほどの俺と同じようなことをやり始める姫様。

え……？　あ、あの、俺もうここにいるんだけど……？　まさか超ド級の近眼……!?

「できました。大丈夫です」

「ありがとう。今日の海風は少し強いですね」

「はい、姫様」

まるで姉妹のように仲睦まじい姫様と風の者。そして放っておかれる俺、陛下。

「あ、あのぅ……」

「はい……？」

「え、えっと……初見放置プレイは流石に俺もちょっと……」

「あ、私ったら申し訳ございません……!!　先ほど、別の方にもお願いしたのですが、私、そろそろ陛下とご面会したく……」

「さっさと呼んできなさい。姫様から出向くなんて祖国のプライドにかけて許しません」

ルルが怒鳴る。マジかよ、まずその祖国の名前を教えてくれ。

「あの、ズバリ言うけどさ……、俺がその陛下です」

「え……？　あなたが……へ、陛――」

バタン――。

あれ？　また眠っちゃったの？　地面に倒れてしまったぞ？

「姫様!?　あなた、何てことしてくれたんですか!!　我が祖国に泥を塗ると!?　恥を知りなさい恥を!!」

「いやいやいや!!　え!?　俺のせい!?　いや違うだろ!!　勝手におたくらがコントしてたんでしょ!?」

風の者と一緒に声をかけても揺すりまくっても微動だにしないお姫様。異変を感じたのか、好奇の目で見守っていたマルーさんたちが駆け寄ってくる。

「陛下！　いったい何が起こったのです!?」

「マル―さん！　医者を!!　救急車!!　一一九番!!」

慌てふためく俺に怒鳴りながらケリを入れてくる光。

「あんた一体何やらかしたのよ!!　ホントふざけてばっかいるんじゃないわよ!!」

「姫様ァアアアアアアアアアアアアアアアアアア!!」

気を失った姫様の肩を抱いて、うろたえる風の者。

こうして、胸躍るお姫様との初エンカウントは終了した。まあ俺が国王に見えないのはしょうがないけど、まさかこうしていきなり目の前で倒れられるとは思わなかった。

とりあえず姫様を部屋に運び、目が覚めるまで待機。やがて風の者改めルルから目が覚めたとの報告を受けた俺は、あらためて姫様との対面に臨むことになった――。

「みなさま、先ほどは大変失礼致しました。私、シアリーズから参りましたソフィーヤと申します」

「うん。どうも。今度こそ陛下です」

「あ、あの……陛下……、このことは……」

「あ、あのさ、ちょっとこう、やめよう……！　誰にでも失敗なんてあるんだし、ごめんなさいはやめて普通に話そうよ。ある意味その失敗のおかげで、不思議と俺、いまは緊張してないしさ」

ここはなんとか頑張って、強ばりながらも笑顔を作る。姫様もいきなりいろいろなことがあって不安なはず。べつに誰かが怪我をしたとか、そんな話でもないわけだし、ここは少々の失敗なんて気にするだけ損するだけだ。

「ま、まあその……先に言っておくと、俺……女子相手だと、緊張しなくなるまで少し時間がかかるタイプというか……時々地雷踏む場合もあるから、そのときはごめんね？」

「い、いえ……その、地雷というものは存じ上げませんがありがとうございます。陛下のお気持ちは私にも伝わってきました。あの……お優しい方なのですね。私、ちょっと安心いたしました」

「あ、あはは、安心してくれたなら良かったよ。本当はもっとこう、恰幅のいい怖い王様を想像してた？」

「い、いえ……そんな……。どちらかと言いますと、私は驚くほど細身の、血の気が薄い少々恐ろしい儀式に精通した方を勝手に想像しておりました」

おい風の者。この姫様、予想を遥かに超えるバイオレンスなこと言ってるぞ。

「もしそうだったら、どうする？　俺が危ない薬を姫様に強制したりしてさ」

「う、うーん……そうですね……、仮にそうなったら、大変なことになっていたと思います。そうした人間には、ルルがすぐにナイフを片手に飛びかかってしまうので」

「姫様。まだ会って間もないが言わせてくれ。あの風の者はなんとかしたほうがいい」

常日頃から銃刀法違反ってことは、マジであの子あぶないって。

「それで……本当にソフィーヤってこの国に嫁いできたの？　まあその、俺のところに」

「はい。これからは私だけではなく、陛下には様々な女性の力が必要になってくるのです。ですから私は、その筆頭というかたちでしょうか。私と陛下が結ばれますと、それだけでも他国に対し良いメッセージとなりますので」

(良いメッセージ？　どういうことだ……？)

まあそこら辺の詳しい話は、また今度マルーお姉さんに改めて聞こう。この調子でいちいち疑問ばかりにぶつかっては、まともにこの世界に馴染む余裕なんてなくなるし。

「その、俺……実はちょっとした事故で、この間から記憶に問題があるんだ」

「ま、まあ……それはお気の毒に、陛下……」

「だからとりあえずさ、しばらくの間は俺が変なこと言ってもスルーしてもらいたいんだ。その代わり俺も、ソフィーヤが早くこの国になれるようにみんなと一緒に協力するから」

この国の初心者男が何をみんなと一緒に協力するのかは不明だが……。でもべつに、俺個人がこの子に何かしてあげたいと思うのは自由なはず。

「え、えーっと……近いうちに俺の戴冠式があるらしいんだ。そういう意味では俺ってまだ正式な王じゃないけど、とりあえず今日から、よろしくね」

「はい……こちらこそ、よろしくお願い致します」

どこまでも上品で可愛らしい声。

ああ、いいのかな俺？　こんなふうに一国の姫様に癒やされてしまって……。

しかし数日後、そんな初対面の癒しなんて吹き飛ばすような衝撃が待っているとは思いもしなかった――。

隣国のお姫様とはじめてのエッチ

「陛下……。今後はその、私のことは……、そ、ソフィとお呼びください……」

「お、おう……」

「それで、その……陛下……もう聞いているとは思いますが、夜伽の件は……」

戴冠式が終わったある日、俺は公務として例の「礎の石」に力を注ぎ込んでいた。

マルーさんが言うにはこの石は王族の血にしか反応しないらしいんだけど、俺が手をかざすと光り輝くし、他の人間が同じことをやるとまったくの無反応だった。

ちなみに俺が礎《いしずえ》の石の力を使えばただの石ころが光り輝き、やがてそれは小さな結晶へと生まれ変わる。これは結晶石と呼ばれるパルエッタを代表する魔法エネルギーで、分かりやすく言えば「魔力が込められた石」みたいなものだ。この結晶石は動力、電力、魔力、火力……果てはぐずる子供をあやすおもちゃにまで何でも転用が可能な優れもので、パルエッタがエルミナ大陸全土を統べる最大の理由であるらしい。

そんな結晶石を作り出せるのが王である俺ただひとり——というわけ。

怪しげな俺が突然玉座に据えられても周りが納得したのは、その結晶石を生み出す力を備えていることが大きな理由なのだそうだ。

「その……、俺……こういうの初めてなもので……」

しかしそんな万能ともいえる結晶石には大きな弱点がある。

それは俺の生命力を消費して作られるという点だ。つまり結晶石を大量に生産していけば遅かれ早かれ、俺は死んでしまうらしい。

「私も……その……。ですがこういったことは……キスからと……んっ！」

しかもこれが冗談ではなかった。戴冠式が終わって初の公務、俺は十個ほどの結晶石の精製に成功したのだが、その反動からぶっ倒れ意識を失ってしまったのだ。

洒落ではないほど疲労した。それこそ命の危険を真正面から感じるほどに……。

さすがの光も俺のそんな姿を見て狼狽していたらしい。

そこで「夜伽」だ。パルエッタの歴代の王は、その生命力を女性と交わることによって得ていたらしい。簡単にいうと「死にたくなければセックスをしろ」ということだ。そしてその相手役として名乗りを上げてくれたのがソフィーヤ姫とシャルローネ嬢だ。

そして今晩俺は、そのひとりであるソフィーヤとエッチをすることになっていて――。

「ど、どうでしょうか……これが男性の悦ぶ奉仕の基本だと教わりまして……」

いま俺の寝室にはあられもない姿のソフィーヤ姫がベッドに横たわっている。濃厚なキスが終わるといきなり胸による息子へのご奉仕。当然ながら俺の股間は、彼女の暖かい体温に包まれより大きく興奮している。

「陛下……私の胸は、いかがでしょう……お気に召しましたでしょうか……？」

「あ、当たり前だよ。お気に召しまくり！　と、というかソフィーヤはホント、間近で見ても肌が綺麗だし、スタイルもいいから文句のつけようがないんだって……。この胸だって、俺……こうして見てるだけでもイッちゃいそうで……」

　目の前に広がる、その白くて大きな美乳にただただ興奮する。おまけにいきなり奉仕だなんて……。いったいこっちはどんな心境で彼女に笑いかければいいのか。

「陛下……、ですから、どうかこれからは親愛を込めてソフィとお呼びください……んっ。そして、これがあなたの妻となる女の体です。ちゅっ……ンっ……ちゅるっ……」

「あ、あぁッ……！　ソフィーヤ……、ソフィ……!?」

　胸に挟まれていたイチモツを思わぬタイミングで咥えられ、情けない声をあげてしまう。

こ、これは……！　流石にまだ心の準備ができていないというか……！

「ンッ、んっ、ちゅぷっ、ちゅぱっ、れろっ、ちゅぅっ……、ちゅっ、ちゅっ、ンッ……！　れるっ……へ、陛下……あむっ、ちゅるっ、ちゅぷっ、んぢゅっ……」

「あ、あああぁ……！」

世間的に女性は男より肝が据わっていると聞いたことがある。いまのソフィはまさにそれを裏付けているようで、俺はただ彼女の奉仕を受け入れペニスをさらに勃起させる。

「あむっ、ちゅるっ、んっ、ン……ちゅぷっ、ちゅぱっ、れろっ、ン……んちゅっ……」

「そ、ソフィ……気持ちいいよ……」

その小さく綺麗な唇を窄め、丁寧に唾液と一緒に俺のペニスをすすり上げる。彼女の口内は暖かく、その舌の動きに何度も腰を震わせてしまう。敏感に腫れ上がった亀頭をゆっくりとその舌で舐っていたソフィは俺の反応に何かヒントでも得たのか、胸の柔らかさを意識させつつ、舌は次第に強弱をつけ円を描くように亀頭を弄りはじめていた……。

「ちゅっ、ちゅるっ、ちゅぷっ、れるっ……ンっ、んんっ、ン……れろっ……」

「はァはァ……！　そ、ソフィ、それはまずい……！　ごめん……！　気持ち良過ぎて、このままじゃすぐに出るかも……！」

「んン……？　ふふっ、ちゅぷっ、ちゅるっ、ちゅぱっ……んちゅっ……ン……♪」

気のせいか、俺のペニスをしゃぶりながら、誘うような表情を向けてくるソフィ。どこか楽しそうにも見えるが、でもこの場合は少し違う。

「ンッ、ちゅるっ、んっ、んっ……んふぅ……れろっ、へ、へいか……あむっ、ちゅるっ、愛して、います……ちゅるっ……。あむっ、ちゅるっ、れろっ、ンッ、んっ、んちゅっ、れろっ、ちゅぱっ……んふぅ……」

頬を上気させ、明らかに自身も興奮している様子だ。一度男性器を咥えて、羞恥心《しゅうちしん》も薄れたのか……彼女はそのまま、本当に愛おしそうに俺のペニスを卑猥な舌で何度も味わおうとしている。

「あ、あァ……そ、ソフィ……気持ちいいよ、ホント、もう言葉にできない……」

「ふぉんとうれすか……？　ンッ、ンッ、ぢゅるっ、ちゅぱっ……、んふふっ、ちゅるっ、んぢゅっ……うれしぃ……ちゅっ、ちゅぷっ、んちゅっ、へいか……♪」

ペニスを咥え、その大きな胸による愛撫で自らも次第に喘ぎ声を漏らすようになるソフィ。ぬるっとした彼女の唾液と熱い吐息に触れさらに膨張するこちらをよそに……。

「あ、あふッ……ンッ、んふっ、んちゅっ、れるっ、ちゅぷっ、ちゅぱっ……ンッ、んぢゅっ、ちゅるっ……！」

（え、エロ過ぎぃぃぃぃ！！！！！）

献身的なこの格好だけでも十分に興奮できる。でもこうして、少しずつ甘い声が混じるようになってきた彼女の姿は、予想を超えた興奮を提供してくれた。

「はぁはぁ……！　そ、ソフィ……！　もうダメだ！　俺、このままじゃ出るって……！」

「ふぁい……んっ、ちゅるっ、ちゅぷっ、んちゅっ、ぢゅるっ、れろっ、ちゅぱっ……。わ、わ

らひの、口に……ぢゅるっ、どうぞ、最後まで……ン……！　ン……ちゅるっ、んちゅっ……！」

どうやらこのままイかせてくれるらしいソフィ。大きく自己主張している乳首を押しつけ、俺と一緒になって性的興奮を楽しんでいる様子が射精感を煽る。

「あっ、あぁぁ……！　ぐっ、そ、ソフィ……!!」

既に腰から下の力が入らない。唾液と一緒に何度も強く俺のペニスをすり上げ、わざと音を立てるように奉仕してくる隣国の姫。本当に勉強熱心で、きっと人の経験談や本を参考に頭の中でシミュレーションを重ねたんだろう。

このまま俺が出したら何の躊躇《ちゅうちょ》もなく、白いそれを飲んでしまいそうな勢いで……。

「んふっ……ちゅるっ、れろっ、んふっ、ちゅっ、ちゅぷっ、ぢゅるっ、んふぅ……！」

ソフィーヤは何度も頬を上気させ、今度は喉の奥まで使って俺に奉仕をしてみせる。あぁ……！　もう無理だ……!!　出るッ……!!

「ぢゅるっ、ちゅぱっ、ンッ、んっ、んふぅ……ちゅるっ、ちゅぱっ……！　へいかぁ……？　あむっ、ちゅるっ、ちゅぱっ……いいんでふ……ぢゅるっ、そのままそのまま、わらくひの口へ……！　んちゅっ、ちゅぷっ、ちゅるっ、んふぅ……！　へいかの子種を、んっ、わらくひの口に……」

「あ、あぁッ……！　そ、ソフィ……！　イク……!!　あっ、あっ、ああっ……!!」

「ンッ……！　ぢゅるっ、じゅぽっ、んぢゅっ、ちゅるっ、ちゅぱっ……!!　んぐっ……!?　ン……！　んぶっ……！　ぢゅるっ……!!　ンンンッ——！！！！！」

何度も腰が震え、ソフィーヤの口の中で豪快に果てる。ビュクビュクと何度も先端から白い精液を吐き出し、その度にソフィーヤがそのすべてを受け入れてくれた。

しかし射精が少し収まったあとも、喉を鳴らしながら舌で何度も亀頭を舐ってくるソフィーヤ。俺はそのたびに情けない声をあげながらビクビクと下半身を震わせてしまう。

「んぶっ……んっ、んぐっ……ぢゅるっ、ン……ちゅるっ、んふぅ……」

俺の震えるペニスをまだ口から離さない。どうにかして、最後の一滴まで絞り取ろうと、何度もその唇で俺の敏感な部分を吸引してくる。

「あっ……ンっ、へいか……もうしわけございません、ンッ、あふっ、全部、飲みきれなくて……。あぁぁ……ン……んふっ、すごい匂いがします……あふっ、コレが男性の精液というものなのですね……」

そういってようやく口からペニスを離したソフィーヤは、大量に出した精液をまだ口の中に溜めて、うっとりとした表情のまま舌で何度も口の中で転がしていた。

「どうでしたか……？　私の、奉仕は……」

「最高だったよ……」

というか、初めてとは思えないほどのご奉仕だった！

「それでは陛下、お願いです……私にも、どうか……」

そのまま、そっと俺の手を引くソフィーヤ。その仕草は「もう我慢できない」とばかりに、どこか焦るように続きを懇願しているようだった。

俺はそれに応えるべく火照った身体を優しく支えては正常位の格好へと誘っていく。対するソフィーヤは下着を履いたままだがM字開脚の格好でゆっくりと股を開いていった。しかしそれでも羞恥心はあるようで、両手でさりげなく自らのいちばん大事な部分を隠しては姫としての品格を必死に保とうとしている。そんな姿を見せられたら、男として壊してしまいたい欲求に駆られてしまうのも仕方ないことで……。

「あ、あの……はぁ、はぁ、……陛下……？」

「いまさら恥ずかしがっても、あんまり説得力ないぞ。下着の上からでも濡れているのがハッキリと分かるんだからな。ほら、手をどけて？」

「そ、そんな……あまり、いじわるなことを言わないでください……」

興奮はしていても恥ずかしいものは恥ずかしいのだろう。なかなか股間を隠す手をどけないソフィーヤに対して俺は、半ば強引に手を外させる。するとやはり愛液による染みが下着を濡らしており既に準備が整っているようにも見えた。

その染みに鼻先を近づけると、女性特有の愛液の香りが漂ってきた。人生初の体験とはいえ、このときばかりは興奮よりも感動のほうが勝ってしまう。

「舐めながらソフィも完全に感じてたよね？　俺ばっかりが興奮しているわけじゃないって、ソフィのここを見たらいい意味で緊張が解けたよ」

そう言って、パンツ越しに軽くソフィーヤの股間を指で撫でる。

「あっ、ン……陛下……」

「すごいよソフィ。このまま指を強く押しつけたら、もっと染みが広がるのかな？」

「い、言わないでください、陛下……私も、自覚していますので……ン……」

さっきは任せるばかりだったので、ここは敢えて焦らすようにソフィの股間を眺める。よく見るとさらに愛液が滲み出てきているので思わず男として息を呑んでしまう。この奥にこれから俺が挿れる女性器の入り口があると思うと感無量だ。

「陛下、お願いです……あまり、そこは見ないでください……」

「無理無理。絶対無理」

そう言いながらも、フェラのお返しにそっとパンツの生地をずらし、その恥部を直接目にする。人生初の俺が目にした女性器は、すでにヒクヒクと透明なよだれを垂らし、早く可愛がってとばかりに誘っているようだった。

「ソフィ、ここもすごく綺麗だね。可愛いよ。それからめっちゃエロい。もうこんなに愛液出てるんだけど……」

「い、いやです……お願い、言わないで……」

どうやら自分がするときとされるときでは、反応に大きな違いがあるようだった。奉仕する場合は少し羞恥心が薄れるのか積極的に、そうでない場合はいまのようにこうして普段の照れ屋さんなソフィーヤの表情が現れる。

（こ、これが……エロにおける女性の二面性ってやつ……？）

女性にはまだまだ、俺の知らない謎がたくさん眠っている。今度は下だけでなく上も愛撫する目的で、先ほどまで俺のペニスを挟んでいた胸へと手を這わす。

「へ、陛下……」

「ソフィの胸、ずっとこうして触りたかったんだ。ごめんね、変態で。じつは初めて会ったときからずっとそんなことばかり考えてた」

そう言って胸に顔を近づけつつ乳房の麓のほうから舌で舐め上げていく。シルクのような肌に俺の唾液の跡がついていく。その舌をゆっくりと頂上目掛けて這わせると、やがて柔らかな肌とは異なった突起状の異物が舌にぶつかってきた。

「あっ……あ、あ、陛下……ン……あっ……！」

余程この瞬間を待っていたのかソフィーヤの声には若干の期待が混じっていた。俺は鼻息を荒くし、何度も両手で乳房の感触を楽しみ、彼女の勃起した乳首を執拗に舐め続ける。

「ちゅる……れろ……んっ、ソフィ……」

「あっ、ン……！　は、はいっ……はぁはぁ……陛下……」

先ほどのおかえしとばかりに、強弱をつけて相手の反応を楽しむ愛撫。ソフィーヤが反応するたびにうれしさがこみ上げてくる。その反応を見て先ほどのソフィーヤの気持ちが少し分かったような気がした。

「はぁはぁ……ン……陛下の舌が、ン……あぁ……私の胸に、何度も……んっ！！　あっ……!!　ふぁぁぁ……!!　だ、ダメですっ……！　陛下そこは……!!　あぁぁッ……！　んんッ……！　くふぅ……!!」

俺の舌は胸からゆっくりと下降し、ついに先ほどから開放しながらも手をつけていなかったソフィーヤの花弁を直接舐めはじめる。

軽く舌を動かすたびに身を捩って甘い声をあげるソフィーヤ。普段からただでさえ可愛いのに、こんな彼女の姿を見ていたら……俺のほうが先にどうにかなってしまいそうだ。

「ソフィは、ここも綺麗なんだね」

俺のセリフに応えるかのようにビクビクと腰を震わせる。舌先が彼女のクリトリスに触れるたびに、その奥からは多くの愛液がトロトロと流れてくる。

「あっ……！　んっ、くふぅ……お願いです、そこは私……ン、どうしても敏感で……あっ、あっ、んんっ……気持ちぃぃ……ふあぁっ、あっ、んふぅ……！　お願いです。どうかもう……私を陛下のものにしてください……私これ以上はもう我慢できません……」

早く挿れてくれと、姫様からの懇願。さっきのフェラをしていた姿はどこへやら、いまはただ興奮に身をまかせ、俺に抱かれたいと積極的に足を開いてくれる。

「分かった。ソフィ、挿れるよ」

「はい……お願いします……」

人生初の挿入。パイズリフェラで射精したにも関わらず、相変わらずフル勃起している俺のペニスをトロトロになっている蜜壺にゆっくりとあてがう。

「陛下……！　陛下……！　愛しています……!!」

「うん、俺も……！　愛してるよソフィ……！　さっきも言ったけど、俺もこういうことにはまだ慣れてないから……これから少しずつ、ふたりで勉強していこう……！」

「はい、私も同じです……。これからは何度も私の体を使って、気持ち良くなってください」

そんなことを言われてしまったら、当然ながらもうあとには引けない。俺は覚悟を決めてゆっくりとペニスをソフィーヤの中へと入れていく。

「ふあぁぁッ……！　あっ、ぐっ……くふぅ……!!　はぁはぁ……ンッ……感じます、陛下のが……ン……私の膣内に……」

「うっ……あぁぁ……ソフィ、痛かったら言ってくれ……」

「言えません。どうかこのまま私の奥まで……どうか、どうかお願いします……！」

想像以上の快感に思わず腰を引いてしまいそうになる。先程のフェラチオとは全く

違う別の快感。すべてが包み込まれるかのように愛液が俺のペニスに絡みつく。一方で想像以上の痛みなのか、ソフィーヤの表情は苦痛に歪んでいた。

「そ、ソフィ……？　やめようか……？」

「い、いえ……はぁはぁ……どうか、どうか奥まで陛下の愛をください……」

さらに膣内がギュッと締まる。若干震えながらも、俺を最後まで受け入れてくれる覚悟のソフィ。俺はそのまま、ゆっくりとさらに奥まで……うぅ……っ！　これは……！

少し動くだけでも射精衝動に駆られる。人生初のセックスがこんなに気持ちのいいものだったとは！　当たり前だけど予想とは全く違っていた。

気が付くと腰が勝手に動いている……。これは本当に……やばい。

「私……陛下がどんな人でも覚悟をしていました……。乱暴にされたとしても、陛下の願望をすべて受け止める。それが私の務めだと……。でも私は……ソフィーヤはいま本当に、ひとりの女として陛下を愛してしまいました……。はぁはぁ……ぐっ、だから本当に、陛下にならっ……陛下になら何をされてもいいのです……。もっとご自分に素直になってください。陛下は私を、愛してくださいますか？」

「はぁはぁ……！　ああ、もちろんだよ、そんなの当たり前だよソフィ……！　愛してる。いまはまだ、こんな台詞しか出てこないけど……、これからは俺、もっとソフィのことを知っていきたい……」

「はい、私も同じ気持ちです……。ですから陛下。いえ、これからは旦那様と呼ばせてください、旦那様ッ!!　ンンッ……ハァアアアアア！！！！」

　まだ出会ったばかりで、恋人と言える時間もなかった俺とソフィ。でもいまはお互いの気持ちが繋がっているとちゃんと実感できる。だから俺はこのまま、ただ目の前にいるソフィに向かって自分の性欲をぶつけていくだけでいい。

「あぁっ、あぁぁぁっ……！　ソフィーヤは、あっ、あっ、ンっ……幸せものです……！」

　その言葉は本当なのか、喘ぎ声に艶が混じり始める。先程の奉仕中とは違い、明らかに欲情している様子だ。俺はそんなソフィーヤに必死に抱きつきめちゃくちゃに腰を振る。

「はぁはぁ……！　ソフィ……！　俺、もう……!!」

「あんっ、あんっ、あっ、あっ、ふあぁぁぁっ、ど、どうぞ……旦那様、お好きなだけこのまま……！　ンッ……！　私の中に注いでくださいませ……！　旦那様は今夜から、私をいくらでも孕ませていいのですから……！」

　そんなセリフによりいっそう興奮してしまう。息が上がって、うまく呼吸ができない。

「そ、ソフィ……！　ソフィ……!!」

「あっ、あっ、あっ、んっ、あっ、んぐっ……！　ふあぁっ……！　出してください……！んっ、あっ、お願いですから……！　このまま、たくさん私の膣内に……！」

「あっ、あっ、あぁぁぁッ……!!　ソフィ……膣内に……で、出る……!!」

「んっ――――、あああぁぁぁぁぁぁぁぁぁぁっ……！！！！！　んっ、はぁぁ……！　中に、中に出て……！　んっ、んっ、あぁぁっ……！」

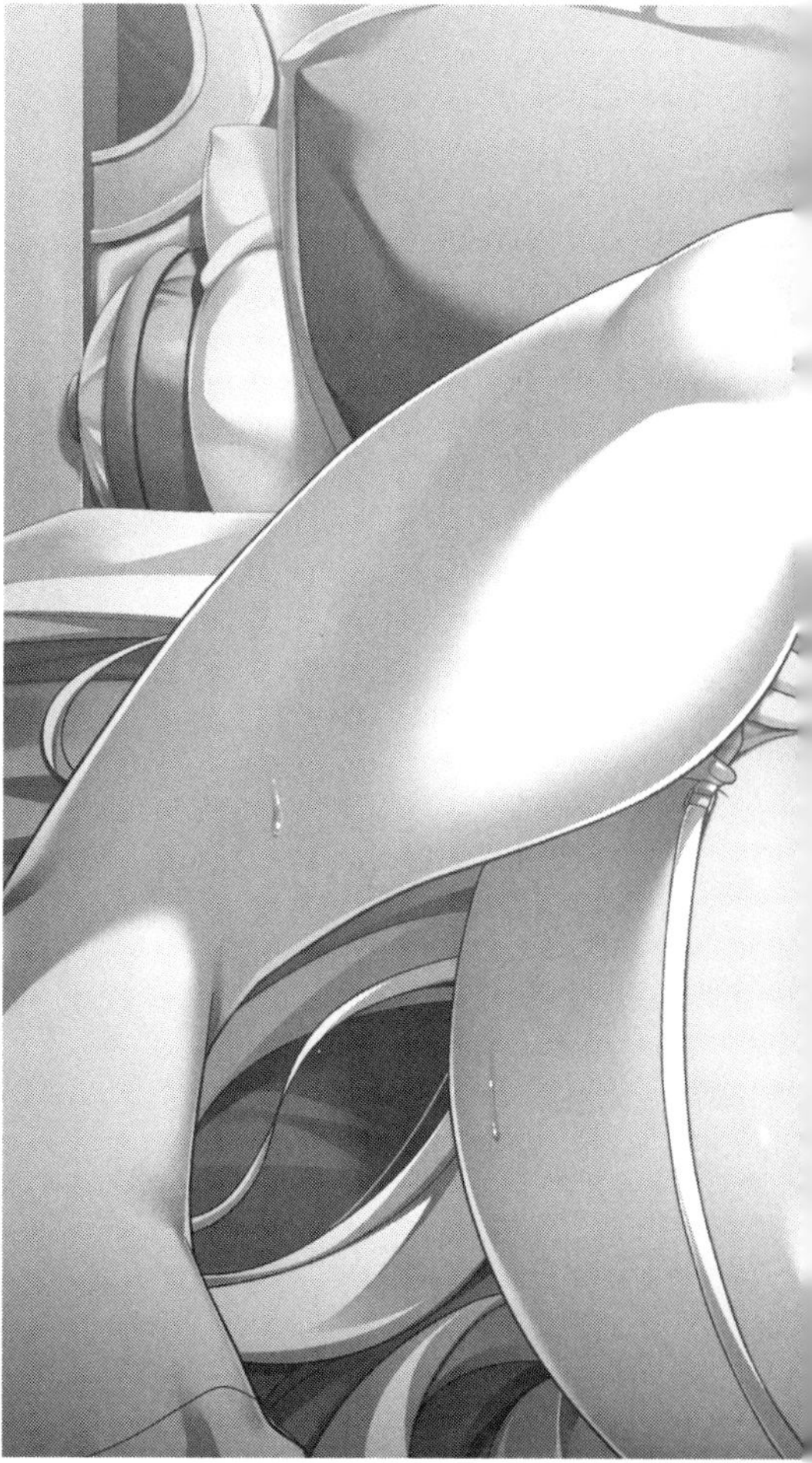

これまでに経験したことのない、猛烈な射精感が俺の全身を駆け巡る。気持ち良過ぎて、声も出ない。ただ俺のペニスは壊れた蛇口のように、その先端から何度も何度も膣内に白い液を吐き出した。

俺と同じく、ガクガクと下半身を震わせるソフィーヤ。

「はぁはぁ……ごめんなさい、旦那様……私はいけない子ですね……。んっ、こうして少しでも動かれると、私も……あっ、んっ……」

まだ収まりきらない彼女の喘ぎ声を聞きつつ、俺は情けない声をあげながら続けざまに彼女の中で射精した。しばらく射精をし続けたままその横顔にキスをする。ゆっくりとソフィーヤの中からペニスを引き抜くと、まだヒクヒクと卑猥な動きで痙攣《けいれん》している恥部からは俺の出した精液がトロトロと溢れ出てきた。

「ああッ……旦那様のお汁が……こんなに溢れて……」

「はぁはぁ……ソフィ、最高だったよ……」

俺はそんな言葉を彼女にかけながら、まだ残っている射精の余韻に浸っていた。

はじめてのエッチは控えめに言って最高だった。それでも心のどこかにまだ罪悪感を感じていたのも事実だ。だからこそ俺と一緒にいて少しでも楽しいと感じてもらいたいと思った。そう、キミは見知らぬ国王に捧げられた生贄なんかじゃないんだよと伝えたかった。

「そうだソフィ……。明日は街にでも出てみようか」

「街へですか……？　それはうれしいお誘いです」

その覚悟がこの不器用なデートのお誘い。

これがいまの俺にできる精一杯だった。

＊　＊　＊

翌日マルーさんを伴って、俺はソフィーヤと街の散策に出かけることにした。メンバーは「疲れるからパス」と早々に不参加を決め込んだシャルローネ嬢を除いて、俺、ソフィーヤ、光、マルーさん、そしてアルガスのオッサンと思った以上の大所帯。

デートのつもりだったんだけど「護衛もつけずに城から出るなんてとんでもない！」と怒られてしまっては仕方なかった。

「あの、マルーさん？　アルガスのオッサンっていったい何者なんですか？」

「彼は陛下を含めパルエッタ王室メンバーを守るインペリアルナイツの総隊長です。見た目は少々アレではありますが、残念ながら腕は立ちます」

「インペリアルナイツｗｗｗ」

「何がおかしいのです？」

ごめん無理。酒場でクダ巻いているほうがお似合いのナリでインペリアルなナイツって！

「インペリ……ブッ……!!　ブフッーーッ!!」

ほら、やっぱり光のヤツも爆笑してる。

「何を笑ってくれちゃってるんだよ。俺はな、城も街も全部おまえらの生活圏内を守ってるんだよ。あんまり調子こいてると、後々痛い目見るぜ」

オッサンが口を挟む。まあこの言動はとにかく、自信満々な態度は確かに安心する。城に空き巣でも入ろうものなら、問答無用でオッサンの餌食になるに違いない。

「おっと、何だか市場が騒がしいぜ。ちょっと下がってろ」

「え……？　なんかあったのか？」

オッサンが俺たちの前に出て警戒を強める。するとたしかにどこからか人が言い争っている声が聞こえてきた。

〝あんた!!　いたいけな女の子にそこまですることはないだろ!!〟

〝そうはいっても盗みは盗み。どんな理由があろうとも、窃盗は片腕をもらうってこの国の法で決まってるのだ〟

どうやら言い争っているのは街の警邏をしていたオッサンの部下と、商店のオバちゃん、さらにオッサンの部下に捕まっているフードを被った少女の姿もある。

「ん？　何だ？　いま窃盗って言ったか？」

「んー？　万引きじゃねー？　私がバイトしてたコンビニも、近所の小学生が入学と同時に度胸試しでやってたわー」

小一で万引きデビューって、ウルトラ底辺過ぎ！

〝だからいいんだってば！　お代はいらないって言ってるだろ！　私もこんな結果望んじゃいないんだよ！〟

とりあえず何があったのか確認してみるか……。俺、王様だし。

「あの、店員さん？　窃盗があったの？」

「ああ、陛下！　どうか陛下の口からも、このわからずやの警吏に言っとくれよ！」

「えっと、あんたはオッサンの部下だよね？　いったいどうしたの？」

俺は状況を説明させるべく、警邏《けいら》中の男に視線を向ける。

「はっ！　じつはこの少女が、こいつを盗っちまったんだそうで」

「えっと？　それは……ほうれん草？」

まあそんな感じの食えそうな葉っぱだ。他にも、地面にはいくつか果物も散乱している。

「陛下。それはイリ草です。茹でると食べることができますが、あまりおいしいとはいえない野菜ですね。しかし——それでも窃盗には罰則が必要ですから」

「ちなみにこの国の罰則ってどんな感じなの？」

「窃盗は腕一本」

「腕一本？」

「切り落とします」

「ちょっと待て！　それ厳し過ぎない⁉」

マルーさんが冷静に状況を説明してくれる。窃盗には罰則。まあ当たり前かもしれないが、それでもさすがに腕一本は厳し過ぎだろ！

「そ、そんな……！　どうか恩情を……！　この国には慈しみの精神はないのですか！」

傍らで事の成り行きを見守っていたソフィーヤも抗議の声をあげる。

一方で盗んだ本人は、市場の真ん中で膝を折り縮こまっているだけで弁明の声すらない。

（あれ？　この格好ってもしかすると……）

「アルガス、彼女を連行してください」

「へいへい……。そら、いくぞ」

アルガスのオッサンが、部下と思しき兵士と連れ立って当の少女を連行しようと脇を抱える。するとフードの下から少女の顔がはっきりと見えた。

「え……!?　ちょ、ちょっとあんた、あれ、あのときの子じゃないの……!?」

光も気が付いたようだし間違いない。ここへ飛ばされてきたとき、俺たちを助けてくれた子だ！

「ちょっと待って!!　マジでホント、一日聞いて……！　じつはこの子、俺がここへ来た初日に助けてくれたんだよ！　お、おいちょっと、おまえも何か言わないと……！　ずっと黙り込んでたら、ホントにあのオッサンに手だか足だか持ってかれるぞ……!?」

盗みは罪だが、この国はもう少し人に優しい場所だと思っていた。万引きひとつでこの子から腕を持っていくなんて、そんなバイオレンスな展開絶対許さないぞ。

「申し訳ございません……、盗んだのは私です。覚悟はできています……。それに、私は奴隷。主人の下から二度も逃げては、どちらにしろ許されるはずがありません……」

（ど、奴隷……？）

一瞬耳を疑う。奴隷だって？　何だよそれ。そんな労働体系も知らずに俺は、この国の王様面してたわけ？

そんな思いに拍車をかけるようにマルーさんが衝撃のひと言を言い放った。

「あなたは奴隷の身で二度も逃げてしまったのですか。盗みよりもそちらのほうが、いくらか問題が大きそうですね」

「…………」

既に観念したといった感じのこの子。いや、ただ疲れているだけで、判断力がないのかもしれない。そこに小太りで、いかにも悪知恵の働きそうな男が駆け寄ってきた。

「これはこれは！　アルガス殿、マルーさま‼　お手を煩わせてしまい、大変申し訳ございません。おいおまえ、すぐに立って宰相殿に懺悔《ざんげ》を……！」

どうやらこの子の主人らしく、強引に彼女を立たせようとする。

ああ……、これはもうダメだ。

周りの人間たちは気の毒そうにしていても、ただ見ているだけ。ソフィーヤだけは、いまにもあの男に蹴りでもかましそうな顔をしている。ああ、これが当たり前の感覚だよな。光もつまらなそうな顔で人差し指をクルクル回しながら「この甲斐性なし、とっととやれ」と言わんばかりのジェスチャーをしていた。

そうだよな……。だから俺は意を決して胡散臭い男に言い放った。

「おい、あんた。俺がその子、買うよ。奴隷ってことはあんたも誰かから買ったんだろ？　その二倍。いや三倍は出すよ。だからその子俺に譲ってくれ」

「陛下。本当に買うのですか？」

マルーさんが不服そうな顔で俺に問いかけてくる。しかしこれはもう決めたことだ。

「うん。お金はあるんでしょ？　戴冠式も終わって俺は正式な王になったから、これくらいの金は融通してくれ」

「お言葉ですが陛下、彼は西大陸からやってきた奴隷商人。卸売り業者です。金には汚く、そしていまは陛下のお立場を利用して、きっと法外な額の要求をしてきますよ」

新王就任直後、ここでこの子を見捨てたらきっと俺の信用は地に落ちる。それを分かった上で法外な価格をふっかけてくるぞというのが宰相の考えだった。

「まあ宰相が言われたことは何も間違っていませんので言い返す必要も感じませんな。むしろ話が早くて助かります……といったところですかな」

「なああんた。奴隷ってひとり売ってどれくらいだ？」

「健康な女で6000レニィ。男なら8000レニィってところですかな」

「じゃあ100倍出すよ」

「100倍⁉」

「そのかわり、もうこの国で奴隷の取引はやめてくれ。せめて俺の目の届くところではな。そういうのはなんかちょっとホント無理」

「100倍って、あんたそれどっか出てきた数字よ……。ほんと、てきとーね……」

光が「もっとうまくやれよ」と言わんばかりの呆れ声をあげていた。ソフィーヤもマルーさんも、なんとも言えない顔をしている。平和ボケならではの、幼稚な発想。そんなことは俺だって分かってる。奴隷をひとり、それも相場の100倍払って、それだけでこの国から奴隷市場を撤廃させるなんて、おそらく100％無理だろう。

じゃあどうするか？

金さえもっと稼げるなら、この商人も文句はないだろ。俺は胡散臭い男に向かってさらに言葉を続ける。

「おい、あんた。さらに条件をつけてやる。この子に相場の100倍払う上に、奴隷の取引を完全にやめてくれたら……」

「やめたら？」

「そこにいるソフィーヤ姫の公式関連グッズ製造販売権をあんたに独占させてやろうじゃないか!!」

「え、え？　え……、私のグッズ……!?」

突然自分の名前が出てきて驚いたのか、ソフィーヤは目を白黒させて見返してきた。

「見ただろ、先日の戴冠式？　俺が城から顔出しても姿を見せた国民は六人だけ。でもソフィの人気は凄まじく、たちまち聴衆は何十、いや何百倍だぞ!!　だからどうだ？　ソフィが一度使ったカップはひとつ6000レニィ！　タオルは8000レニィで売りさばく!!　言っておくが、公式で独占だぞ!?　悪いが元居た俺の国じゃ、この手の商売は握手をするだけで100万出す連中だっているんだ」

「はひっ!?　う、売ります!!　やります!!　いますぐ独占契約を!!」

予想外の提案を受けて地面に膝をつき、俺の靴をペロペロし始める奴隷商人。あまりの転身の早さに少し引いたが、これが利益があると見れば何でもする商人の性なのだろう。

そんな男に対して俺は、さらなるエサを与えてやることにした。

「ついでに俺の公式グッズも作っていいよ？　俺の生唾入りまんじゅうとかどう？」

「いりませんな」

急に素に戻るなよ！　そこは嘘でも作るって言えよ！　言ってくれよ……。

「分かりました。事が大事になりそうなので、契約書は城で結びましょう」

「ありがとう、マルーさん。そこは任せる」

交渉は無事成立。あの子の側にかけよってフードをめくりあげると、泣きそうでどこか疲れ果てたような表情をした女の子の顔が姿を現した。

「ごめんね、なんか適当なこと言いまくって。でも、もう大丈夫だよ」

「あ、あの……陛下……。私はどうなるのでしょうか……？」

「君の処分は一時俺があずかる。いいよね？　マルーさん」

「はい、結構です。一度陛下を助けたのなら、それは姫の言う恩情に値しますし」

「ちなみにキミの名前は何ていうのかな？」

「はい、キキと申します……」

「そうかキキ。これから、よろしく」

こうしてなんとか無事に奴隷ちゃんをゲットした俺。

それにしてもやけに騒がしい散歩になってしまったが、ソフィーヤは楽しんでくれただろうか……。心配になって彼女に顔をのぞき見ると、先ほどまでの険しい顔とはうって変わり、どこか満足げな笑みを浮かべている。
だけどデートはあやふやになっちゃったのは確かだし、この埋め合わせはいつかしないとな……。そんなことを考えながらキキを連れた俺たちは城へと戻っていった。

＊＊＊

帰城するとさっそくマルーさんからの呼び出しがあった。きっと市場での一件についてのお小言があるのだろう。俺はひときわ大きなため息をつくとマルーさんの部屋をノックした。

するとひとこと「どうぞ」と冷静な声。やっぱり怒っていらっしゃる……。うーん、どうやって謝ろう……。そんなことを考えながら俺はドアを開ける。

「お邪魔しますマルーさん……。話って、さっきの件でしょ？　一方的に俺が決めちゃったから……。そのごめんなさい！」

初手謝罪。俺がこれまで生きてきた中で覚えた安定行動だ。

しかし予想に反してマルーさんのはまったく別の話題を提示してきた。

「いえ、そうではありません。お話というのは、陛下の今後のことについてです」

「へっ？　今後について？」

「ええ、先日も言いましたが、陛下にはこれからもソフィーヤ様やシャルローネ嬢と可能な限り夜は床を共にしてもらいます」

「うん……、それはがんばる……」

昨日のソフィに続いて、今夜はシャルと夜伽をする予定となっている。

性行為は真面目な恋愛の先にある。いくら童貞臭いと思われても、俺はこの考えを変えたくはなかった。それに愛のないセックスを強要してしまってはソフィーヤやシャルローネがあまりにもかわいそうだ。

俺はずっとそんなことを思っていた。しかしある日、俺が力を使い過ぎて意識を失い生死の境目を彷徨《さまよ》うと、ソフィーヤもシャルローネもありえないくらい狼狽したと聞いた。しかしそれを聞いてもふたりは形式上の心配……とまでは言わないが、心からの心配ではなく、打算からくる心配だったんじゃないかと邪推する気持ちも捨てきれなかった。

それが間違いだと確信できたのが、昨日ソフィーヤを抱いてからだ。どうやらソフィーヤは俺のことを愛してくれているらしい。そしてもしかするとシャルローネも？

そんな思いもあり俺は覚悟を決め、今夜シャルローネも抱く決意をしたんだけど、マルーさんはその頻度について言いたいのか？　そう思いながらマルーさんに続きを促す。

「陛下は多くの女性と契りを交わし、その肉体に性的興奮と快感を得なければすぐにでも寿命が尽きてしまうことは以前にも説明しましたよね？」

「うん。臨死体験も経験したし、身をもって知ってるよ」

「なので陛下。ソフィーヤ様やシャルローネ嬢はもちろん、ふたり以外にも陛下の体調次第ではさらに花嫁を増やす必要がございます。ここでハッキリと申し上げますが、この国の王になった者はハーレムを築く以外に生きる道はないのです」

「え？　増やす⁉　しかもハーレムですと⁉」

「ええ、ハーレムです。陛下が亡くなれば、自動的にこの国も衰退致します。ですからこれは、避けようのない運命。陛下にはご自分のため、そしてこの国のためにハーレムを築き、そしてどうか陛下の手で彼女たちを幸せな未来に導いてあげて欲しいのです」

マルーさんはこの最後の台詞がいちばん言いたかったことなんだと思う。国のため、家のため、見知らぬ王の元へと嫁いできたソフィーヤとシャルローネ。この運命が変えられないのだとしたら、俺が彼女たちを幸せにしてあげなければならないのだ。

「これは陛下にしかできないことです。この世界にはあなたにしか幸せにできない……、そんな運命を背負った女性もいるのです」

唐突に飛んできた世界で陛下になり、今度はハーレム。次から次へと新たな衝撃が俺の脳内を襲ってくる。理解は追いつかないが、でもマルーさんの言いたいことは少しだけ分かる気がする。つまり国益や家の名誉のために自分を捨てざるを得なかった女性を幸せにできるのか、その覚悟を確かめたかったのだろう。

もちろんその問いに対しての答えはもう出ている。YESだ。これは『王』だからではなく、俺という『人間』の本質に関わっている話で、俺は昔から光を含めて女の子が泣いている姿を見るのがいやだった。

「さらに昼間の件です。陛下はひとりの奴隷をお助けになりました。その処遇はどうなされるおつもりですか？」

「キキのことだよね？　彼女には城のメイドとして働いてもらうと聞いたけど」

「メイド、それもいいでしょう。ですが先ほどキキさんにお話を伺ったところ『私は陛下のためでしたら何でもいたします』と言っておりました。そこで、キキさんも陛下のハーレムの一員に加えるのはいかがでしょう？」

「き、キキを……!?」

「ええ。先ほども申しましたが、ハーレムはひとりでも多いほうがいいのです」

あ、あれ……？　何だか話がとんでもない方向に進んでいる気がするぞ？　いや確かにキキは可愛いし、命の恩人だし、彼女が望むなら……って、いやいや、まて！　ソフィーヤとシャルローネだけでもプレッシャーが半端ないのに、これ以上はマジでヤバイ！

「もちろん光さんも……」

「何でいまここで光の名前が出てくるんだ！」

動揺していたところに、急に光の名前が出てきたので思わず強い口調で言い返してしまった。熱せられた頭が急激に醒めていく。だって、そんなことを言われたら「抱けるなら誰でもいい」みたいに聞こえるじゃないか！　だからそうじゃないんだって！　クソッ……、そっちがその気なら、俺にだって考えがある！

「マルーさん。光はともかく、俺ってハーレム要員を増やしたほうがいいんだよね？」

「ええ、国のため、そして陛下の命のために」

「じゃあさ、マルーさんをその一員に加えてもいいんだよね？」

「私……ですか？」

「うん、初対面のときからマルーさんは何だか不思議でさ。俺、女性と話すのは本当に苦手な残念男だったのに、なぜかマルーさんは平気だったんだ。だからマルーさんをハーレムの一員として迎えるのは全然ありなのかなって思ってさ」

ちょっとした仕返しのつもりだった。慌てるマルーさんが見たかっただけだ。

だけど返ってきた答えは俺の予想もしていなかったもので……。

「そうですね。陛下にだけ無理を押し付けるのは宰相としてどうかと思っていたところです。もし陛下がいやではなければ、どうぞ私もハーレムの一員にお加えくださいませ」

「え……!?　ちょっと、マルーさん!?」

「私はこの年になるまで男を知らぬ生娘ですので陛下を満足させることができるのか不安ではありますが、精一杯務めさせていただきましょう。ただ……その、ソフィーヤ様や、シャルローネ嬢だけでなく、私にも少しだけ愛情を注いでいただければ……」

そう言い放ったマルーさんはいつもの凛々しい顔で体面を保っているけど、うっすらと染まる頬までは隠しきれていなかった。その表情を見て思わずドキッとしてしまった。

「う、うん……。それはもちろん……」

「ありがとうございます陛下。それではさっそくここで致しますか……と、本日はシャルローネ嬢との記念すべき初夜でしたね。どうぞがんばってください」

「あ、ありがとう……」

瓢箪《ひょうたん》から駒というか、ヤブヘビいうか……俺はまんまとソフィーヤやシャルローネに加えて、マルー宰相、そして話の流れからキキの四人を侍らすハーレム王にさせられてしまったようだ。だけど不思議なことにいやな気分ばかりでもなかった。

以前の俺ならプレッシャーを感じて陰鬱《いんうつ》となっていただろうけれど……、いやその気持ちはいまだってめちゃくちゃあるんだけど、心の片隅ではそんなハーレム生活も楽しそうだなと思っている自分もいて――。

もしかして俺、この異世界生活を楽しみはじめている!?

幼馴染、襲っちゃいました

ハーレム生活が開始して一ヶ月。俺はソフィやシャルだけでなく、その後マルーさんやキキともエッチを経験していた。

大人なお姉さんのマルーさんがバックから突かれるたびに愛液を撒き散らしながら淫靡に乱れていく姿はめっちゃ興奮したし、初めてにも関わらず騎乗位でがんばってくれたキキのご奉仕セックスでは我慢できずに大量の精液を膣内に吐き出してしまった。

しかも幸いなことに、いずれの女の子も俺のことを少なからず慕ってくれているようで、身体を重ねることに嫌悪感を抱かれはしなかった。

そんな生活をしながらも変わらないのが光との関係だ。

光のことを好きか嫌いかで言うと間違いなく「好き」だ。

一方の光も、これは思いあがりでも何でもなく、俺のことを「好き」だと思う。

じゃあ両思いじゃね？　付き合っちゃえよ……と、そう思うよな、普通なら……。

しかし、だ。そんな声に対して、俺も声を大にして言い返したい！　俺は以前、光に告白をして振られたことがあるんだぞと！

ホント……なんなんだよコイツは！

「んー、なんか言った？」

「いや……、べつに」

しかも今日は今日とて、俺の寝室に光が遊びに来てるし！　最近では珍しく「今晩は夜伽はない」と光に知らせたら「じゃあ、遊びに行くわ」だって、マジでなんなのキミ？

「なあ、おまえはハーレム生活のことをどう思ってるんだ？」

「えー、あんた女子とエッチしなきゃ早死にしちゃうんでしょ？　それなら仕方ないいんじゃねーって感じ。てか一応聞いておきたいんだけど、まさかあんたここで私とする気？」

「逆に聞いて悪いが、頼んだらOKしてくれるのか？」

「いやー、正直に言うとさ。べつに私、あんたとするのは全然平気なんだわ」

「ちょっ……!!　おまえな！　そういう冗談はやめろよ!!」

「いや、だってさぁ……もういまさらじゃない？　べつにエッチって一回したらそれで死ぬわけじゃないんだし、私もこのまま、いつかどっかの知らない男に捧げるくらいならさ、あんたにあげてもいいかなって、それくらいの気持ちではあるわけよ。実際」

軽ッ！　光、軽ッ！！！

「およそ処女の発言とは思えない態度だな……。俺が言うのもおかしな話だけど、おまえもうちょっとそういったことにロマンを抱けよ」

仮に無理矢理襲ってもこのままの態度なら、男としては結構萎えるぞ。いや、でも逆にそれが俺にとっての新たな性癖となる可能性も……!?

「ロマンくらいあるわよ。だけど今日はイヤ。すること自体はべつにいいけど、本当にしたいならもうちょっと雰囲気作りとかいろいろ考えてよって話なの。それに……、どうせするなら……、その……、私だって？　可愛いって思ってもらいたいし……」

そこまで言うと、本当に恥ずかしそうに自身の服の裾をギュッと掴む光。この普段とのギャップと言うか、露骨に照れる仕草はぶっちゃけ反則過ぎる。

「お、おまえな、ずるいぞ！　何が私はしてもいいだよ。そんなこと言われたらこっちは強制的に意識するだろうが！！！」

「はいはい。そんなの男側の勝手な問題でしょ。私はね、これまでもあんたが本気で頼み込んできたら断る気なんてなかったわよ。日本にいたときからずっとね」

ヒィィ……！　こいつサラッとだが、とんでもないこと言ってる！

「これまでも、私たちの間にはバレンタイン、クリスマス、誕生日、それにこの間の就職祝いのときだって……散々チャンスはあったわけでしょ？　それをことごとくブッ潰してきたのは、どこのどいつかしら？」

「だけど半分はおまえの責任でもあるだろ！　告白しても断ってきたくせに！」

きっとコイツは、ここで俺が手でも握ろうものならもの凄い早さで逃走を図る気がする。俺もチキンだが、我が幼馴染もかなりのレベルで恋愛には臆病なヤツなのだ。

「とにかく今日はイヤだって言ってるの！　私にもプライドがあるんだから！」

「ハッキリ言えよ。待つのはいいけど、なんか釈然としないんだが」

「い、いま、可愛い下着持ってないの……。マルーさんに言って用意してもらってるから、それが届いたらでいいでしょ？」

なるほど。こいつも女子だ。はじめてのエッチではできる限り綺麗でいたいということか……って、いままでの俺だったらここで納得していた。

しかしいまなら分かる。これは光の臆病さの表れだ。

たぶん、今日俺の部屋に来たのはきっとそういうことなんだ。その答え合わせをするために、俺はそっと光の服の上に手を這わしてみた。

「んっ……ちょ、ちょっとぉ……。何しれっと胸揉んでるのよ……」

「俺、やっぱりおまえのこと……好きだわ」

「はっ……!? なに急に言っちゃってるの!? あんたにはソフィーヤやシャルローネ、それにキキちゃんやマルーさんだっているでしょ！」

「もちろんみんなのことも好きだし、四人とも俺のことを愛してくれていることもうれしい。だけど幼いころからずっと好きだったのはおまえだ」

「そ、そんなこと。知ってるし……」

「だから俺は……、おまえが欲しい。光、おまえも俺の奥さんになってくれ」

「バカ……。そんなんじゃ、ロマンも何もあったもんじゃないわよ……」

口ではそういいつつも、さっきまで強張っていた身体からストンと力が抜けたのが分かった。ツッコミにもいつものキレがない。

「いまさら中止にするとか言うなよ。流石にそんなこと言われたら生殺しが過ぎる」

「そうじゃなくて、ンッ……♪　あんたの手つき、想像以上にいやらし過ぎ……」

「それって褒めてるのか？　それとも抗議？」

「りょ、両方……」

会話中にも胸を揉み続けているというのに俺の腕を振り払おうともしない。それがOKのサインだと受け取った俺は、光の服を脱がしにかかった。

「なんだ。可愛い下着じゃないか……。やっぱりさっきのは嘘だったか」

「ふん……、あ、あんたの度胸を試しただけよ……」

「そうか。じゃあその期待に応えないとな」

そういいながら、俺は下着越しにその胸を揉みあげる。

「んっ……、いつもチキンなくせに、触り始めると平気な顔して……納得いかない……」

光はまだ理解していないのか、それとも理解する気がそもそもないのか。俺はいままで、十分にコイツをひとりの異性として意識してきた。冗談で『胸くらい揉んでいい』なんて言われるたびに……俺はどれだけこの胸を直接揉みたかったことか……！　それがいま、俺の目の前にあるのだからがっつくなというのは無理な相談だ。

「んっ……あっ、ちょ、ちょっと……鼻息荒過ぎ……恥ずかしくないわけ……？」

「恥ずかしいに決まってるだろ。でもそれ以上におまえの胸の感触に感動している！」

「ば、馬鹿……こんなときまでふざけないでよ……ンッ……」

光の胸を下着の上からゆっくりと揉み続ける。汗の香りと、どこか艶やかな吐息がさらに俺の興奮をかき立てる。ああ、もう無理だ……。

ピンクの可愛らしいネグリジェを強引に剥ぎ取ると、長年ベッドの中で妄想しては悶々としていた幼馴染の張りのある胸が目の前に現れた。

「えっ、ちょ、ちょっと……脱がすなら先に言って……」

や、ヤバい……感動し過ぎて上手く言葉がでない……。眼前に晒された光の大きく綺麗な胸。ソフィーヤの胸と比べるのはナンセンスだとは思うけど……やっぱりこいつって、肌もスタイルもレベル高過ぎだろ……!?　実際こいつ、大学じゃモテまくりだったし。

「な、何ジッと見て黙ってるのよ。感想は……？　感想」

「綺麗だ」

「あ、あんたね……綺麗って、まあうれしいけど、もうちょっとこう何かないわけ……って、あっ……！　ちょ、ちょっと待って……ンッ……ばか……」

気が付くと十年越しに想い焦がれていた幼馴染の生乳を揉み始めていた。この我慢できないほどの衝動はいったいなんなんだ。普段から近くにいる女の子の胸を触るのが……こんなにも危ないくらいに、俺の興奮をかき立てるなんて！

「んっ……あっ……、お、お願い……もうちょっと、優しくして……？」

「ごめん無理。だけど俺もびっくりしてるんだが、感情が抑えきれない……」

「違うの。責めているんじゃなくて……純粋にその……こういうときだけでも私……あんたに優しくされたいから……」

「俺、おまえには昔から優しくしてるつもりなんだけど？」

「んっ、あっ……嘘つき……ホントに調子いいんだから……。ソフィーヤとしたときも、あんたこんな感じで胸揉んでたわけ……？」

なぜかやたらとソフィーヤのことを気にしている光。いや、これはコイツなりの作戦か？　もしやわざとこうした質問をして、俺を照れさせなんとかマウントを取る気でいるのか？

「そうだな。もう夢中で揉んでたと思う。そりゃ、あれだけの美人の胸を揉むんだぞ？　男なら誰だってハメを外すって」

「び、美人って……。なんかそれ、イヤ。いまは、私も可愛いって言って欲しい……」

「可愛いよ。光」

「嘘でもうれしい……。あっ……！　だ、だめ……！　い、いきなり過ぎ……！」

光の言葉を遮るように、目の前で小さく自己主張をしているその芽《さえぎ》を愛撫する。光の綺麗な乳首を、ゆっくりと舌先で刺激する。優しく唇と舌で舐り、適度な唾液の量による俺から光へのちょっとしたご奉仕。

「光……、俺おまえを前にして……いま初めて男だって自覚できたような気がする」

「ば、馬鹿、何言ってんの意味分かんない……あっ、はぁはぁ……ンっ、んんッ……！」

舐めれば舐めるほど、その乳頭はさらに硬くなりピンと勃つ。全身を震わせ、文字どおり俺の前で身悶える光。胸は敏感なほうなのか、それともこれが普通の反応なのか……それだけは、流石にいまの俺の経験値じゃ分からない。

「光、気持ちいいのか？　さっきから全然こっち見ないけど」

「……い、言いたくないっ……なんかいまのあんた、普段より特別いじわるなんだもん」

いやいやいや！　何ニヤけてるんだ俺……！　いじわるなんだもんって、そりゃこんなこと言われたら、もっといじわるしたくもなるって。

「ぢゅるっ、ん……。光……」

「はぁはぁ……！　あんっ、ンッ……くふぅ……あっ、ふあぁぁ……！」

光の口から初めて聞く艶やかな喘ぎ声。胸だけでこれなら、本当にこの先……マジで最後までしたら光はどうなってしまうのか。

「はぁ、はぁ……もぅ……馬鹿ぁ……ンッ、あんたの舌……エッチ過ぎぃ……こんなこと、

本当にあの姫様にもしてたの……？　ンッ、ああッ……な、何が夜伽よ……こんなことされちゃったら、私……」

「私……？」

「もっといろいろなこと、して欲しくなっちゃうぅ……っ！」

そう言って、軽く腰を震わせる光。こ、こいつは……何でこうも普段とのギャップを、ここで俺にぶつけてくるのか。

「んっ、んっ、はぁはぁ……もっと、もっとして……？　変態だって怒らないから、もっと……ねえ……。あ……っ」

そのとき光が俺のペニスが固くなっていることに気がついた。

「あ、当たってる……すごい、こんなに熱くなるの……？　これ……」

「自分でもたまにビックリするよ。血流のせいでこうなるんだ」

「なんか、うれしい……ン……こうして直接、あんたに興奮してもらえるのが……。こんなにうれしいことだなんて思わなかったから……」

「いまさらイヤだなんて言わないよな？」

「それは言わないけど……。い、いっぱい愛してね……？　私、初めて……だけど……」

「分かってる……光はそのまま、俺に全部任せてくれればいいから」

「あっ……」

仰向けに寝かせた光の両足を開かせ下着越しに割れ目へと指を押し当てた。形を確かめるように、ゆっくりスジに沿って指を滑らせていく。

「ひゃっ、あっ……んっ、ふぁ、あっ……んっ、あっ、あっ……や、だ……恥ずかしいよぉ、これ……んっ、ふぁ、あっ……」

少し蒸れているかのような、ほんのりとした温かさが伝わってきた。指に伝わるその感触だけで、俺の中で興奮がさらに高まっていく。

「んぅぅ……ふぁ、あっ……そんなふうに……ひぅんっ、擦る、なぁ……！　やっ、んっ、ふぁ、あっ、背筋がゾクゾクしてきちゃう……んっ、あ、んっ、あっ、あっ」

ぷにぷにな感触を楽しむように、光の割れ目を何度も指先でまさぐった。膣口の辺りで少しだけ強めに指を押し込み、円を描くように下着を押し込んでいく。下着にはしっとりと愛液の染みができていた。

「そんなに……ひぅんっ、んっ、あんっ、あっ、ひぅんっ……んっ、あ、あっ、あっ……！」

光が甘く切なげな声をあげ、落ち着きがなさそうに腰をくねらせた。そのたびにパンツにいやらしい染みが、じわりと広がっていく。

「なぁ、光。そろそろパンツを脱がしてもいいか……？」

「……聞くな、バカ。ダメなんて……言うわけないじゃない……」

恥じらうように頬を赤らめ、脱がしやすいようにと腰を軽く浮かせる光。そのぶんだけ股間が俺に近づき、思わず息を飲んでいた。誘うような声色に、自然とパンツへと手が伸びていた。これは、めちゃくちゃ興奮する……強い興奮に、口の中がカラカラに乾いてくる。

「じゃあ、脱がすからな……？」

「うん……」

ぐちょぐちょに濡れていることもあって、肌に張り付いてしまっている。少しパンツを引っ張っただけで、湿った音が大きく聞こえてきた。

「あ……」

羞恥心《しゅうちしん》からか、光の足が緊張に強ばった。だが、俺はそれに構わずに、ゆっくりとパンツをずり下げていく。

「……っ。や、やだ、恥ずかしい……」

「おぉぉぉ……」

脱がした途端、ムレムレの割れ目が露わになった。パンツの染みが示していたように、割れ目から大量の愛液があふれ出している。

「もうこんなに濡れていたんだな」

「だ、だから、そんなこと口に出さなくて……ひゃあんっ⁉　ちょ、ちょっと、あんた……ひぅんっ、直接指で……ふぁ、あ、あっ」

ぐちゅぐちゅに濡れた割れ目を前に、俺は辛抱できなかった。

その感触を確かめるように、指先を愛液の泉へゆっくりと浸していく。

「やっ、あっ、あんっ、んぅぅっ……ふぁ、あっ、あっ、あんっ、待って……っ！　中に……ひぅんぅっ、ふぁ、あっ、んぅぅぅぅぅっ……！」

「おぉぉ、すげぇ……」

前戯の必要がなさそうなくらい股間は濡れそぼっていた。指を蜜壷に浸せば、それだけで新しい愛液が触れ出す。きゅっと指を締めつけながら、柔らかなヒダが絡みついてくる。

「んっ……んっ、ふぁ、あっ……あんっ、あ……んっ、ふぁ、あ、あっ、それ、だめぇ……！　そこ、弄られたら……やんっ、あっ、あっ、あっ……！　奥に……んぅっ、入ってきちゃう……ふぁ、あ、あっ、んっぁあぁぁぁあ……！」

入り口辺りをひと通り撫で回したあと、もう少しだけ深くまで指を押し込んでみた。すると、急に指を阻むような感触が伝わってきた。

「これは……処女膜か？」

「んっ、んっ、んぅっ……！　そこは、だめぇ……っ！　するなら……ひゃっ、あっ、あんたの……お、オチンチンでして……欲しいから……」

指を引き抜くと、ぴくん、ぴくんと、光の腰が痙攣《けいれん》するように震えていた。あふれ出す愛液の量が増し、とめどなく垂れている。

「ね、ねぇ、もう……あんっ、はぁ、はぁ、大丈夫だから……、焦らさないで……ひぅんっ、もう、あんたのオチンチンで……して……？」

「そう言ってもらえると正直助かる。さっきからずっと勃起してやばい状態だったからな……。じゃあ、挿れるぞ——」

「うん……い、一気にしちゃって……？」

もう一刻の我慢もならなかった。俺は即座にズボンを下ろし勃起したペニスを取り出すと、光の入り口へと先端を押し当てた。くちゅっと湿った音がして、背筋が痺れるような興奮が込み上げてくる。そして、俺は一気に光の奥まで貫いた。

「いくぞっ……ッ！　くはぁ……キツイ！」

「んっ、ぐぅぅっ……！　ふぁ、あ、あ、あ……っ！　痛ぁあぁぁぁぁぁぁっ……!!」

侵入を阻む障害を貫き、ペニスがいちばん深いところを一気に突き上げる。ずんっと膣奥を擦るのと同時に、光は苦悶の声をあげていた。

「はぁっ、はぁっ、ちょ、ちょっと待った……んくっ、これ、痛過ぎ……ん、あぁっ！　い、痛いのは覚悟してたけど……こんなに、なんて……あうっ、予想以上で……っ」

びくんっ、びくんっと身体が跳ね、必死に歯を食いしばる光。俺との結合部からは血が垂れていて、見るからに痛々しかった。しかも、めちゃくちゃ強く、挿入した俺のペニスを締め付けてくる。

「はぁ、はぁ……大丈夫か、光？　一旦、抜いたほうがいいか……？」

俺としては、背筋が痺れるほどに気持ちいい。膣内は熱く潤み、ジッとしていても搾り取られそうなほどに締めつけられる。だが、光が苦しいのなら話は別だ。ここは我慢して、クールタイムを挟むべきだろうか……？

「ま、待って、抜かないで……！」

「……っ、あ、ああ。だが……」

「私なら大丈夫、だから……んっ、はぁ、はぁ……むしろ、ここで抜かれるほうが……んぅっ、痛い思いしたぶんだけ損というか……」

涙目になり潤んだ眼差しでジッと俺を見つめてくる。股間から伝わってくる快感とあいまって、どうしようもなく興奮してしまう。

「だから、ね……？　私のことはいいから……んっ、はぁ、はぁ、気持ち良くなって……？」

「光……。そんなこと言われると、マジでヤバいんだが……いいのか？」

「激しくされたって……あんたになら、いいんだから……」

光はそう口にすると、照れたように俺から視線を背けていた。

くそっ、可愛過ぎるだろ……⁉

「分かった、もう止まらないぞ。俺、童貞を卒業してからというもの毎日めちゃくちゃヤリまくってやるから……覚悟しておけよ……っ、んっ！」

「ひゃっ⁉　ふぁ、あっ、私の中で……んぅうっ、オチンチン、まだ大きくなって……っ！　はぁっ、はぁっ、んぅぅぅ……ふぁ、あっ、あんっ、んっ、あっ、あっ……んっ、んぁあぁぁあ……！」

光のことが愛おし過ぎて堪らなかった。

俺はさらなる興奮に突き動かされるようにして、激しく腰を振り始める。

「んぅぅぅぅっ……！　んっ、んっ、ふぁっ、あっ……はぁ、はぁ、はぁ」

できるだけ光の負担にならないように。それでも、リクエストどおりに激しい腰使いで。慎重かつ大胆に、光の膣内をペニスで何度も突き上げていく。

「はぁっ、はぁっ、んっ……ひゃっ、あっ……あんっ、あっ、あっ、くぅんっ……んっ、ふぁ、あっ！　や……ぁん、奥に……ひぅんっ、ぐりぐり、当たって……ふぁ、あっ……！」

荒々しい動きに、光はまだ痛みを堪えるような表情を浮かべている。それでも喘ぐ声は艶めかしく、股間に響きそうなくらいエロい。

「こうして奥を激しく突かれて、感じてくれてるか……？」

「あんっ、う、うん……んぅっ、奥、ジンジン……ふぁ、あっ、しちゃう……っ！　痛いのは、入り口……入り口のほう……んぅっ、だから……はぁ、はぁ、んっ、あっ、ふぁ、あっ‼」

入り口……というと、膜のあった場所だ。そこが傷ついて出血しているのだから、痛いのは当然だろう。そのぶん、奥のほうが感じるみたいだ。

「なら、こういうのは大丈夫そうか……？」

グッと、光に強めに腰を押しつけた。ペニスの先端がより深く膣奥に押しつけられ、光の下腹部が軽く盛り上がる。

「んんぁああっ……！　やっ、あっ、それ……深いっ、深いからぁぁ……！　子宮に……ふぁ、あっ、オチンチンがキスしちゃってる……っ！　コツンコツンって、赤ちゃんのお部屋に当たって……あっ、あっ、あっ、ひぁっ、んんぁぁあっ……！」

「くぅっ……ヤバい、これも気持ち良過ぎる……っ」

深いところに押しつけたまま、腰をグラインドさせるように動かした。入り口付近はあまり動かず、奥のほうだけがグリグリ擦れながら円を描いていく。

「やぁんっ、あんっ、あっ……あうっ……んっ、やっ、あっ、そこ……だめっ、だめぇぇ……！　すごい……ひぅんっ、いっぱい、擦れて……んぁああっ！　ふぁ、あ、あっ、なんか、きちゃう……んぅうっ、はぁっ、はぁっ、ふぁ、んぁあぁぁあ！」

光は身体の奥深くを強く圧迫され、息苦しそうに大きく喘いだ。膣内が収縮を繰り返し、深くまで入り込んだペニスをぎゅうぎゅうと締め付けてくる。

「やんっ、あんっ、あ、あっ、痛い、のに……ふぁ、あっ、おかしく……ふぁ、あっ、なりそうで……っ！　はぁっ、はぁっ、あんっ、あっ、あっ、あっ、んぅぅぅっ、ふぁ、あっ、やっ、あっ、んぁあぁぁぁっ……！」

「はぁっ、はぁっ、光……光っ……！」

腰の動きが止まらない。どんどん湧き出す愛液をペニスでかき出し、何度も何度も子宮にキスを繰り返す。光の膣内のちょっとした凹凸も、ヒダヒダの絡み付く感触も、どれもが堪らない。

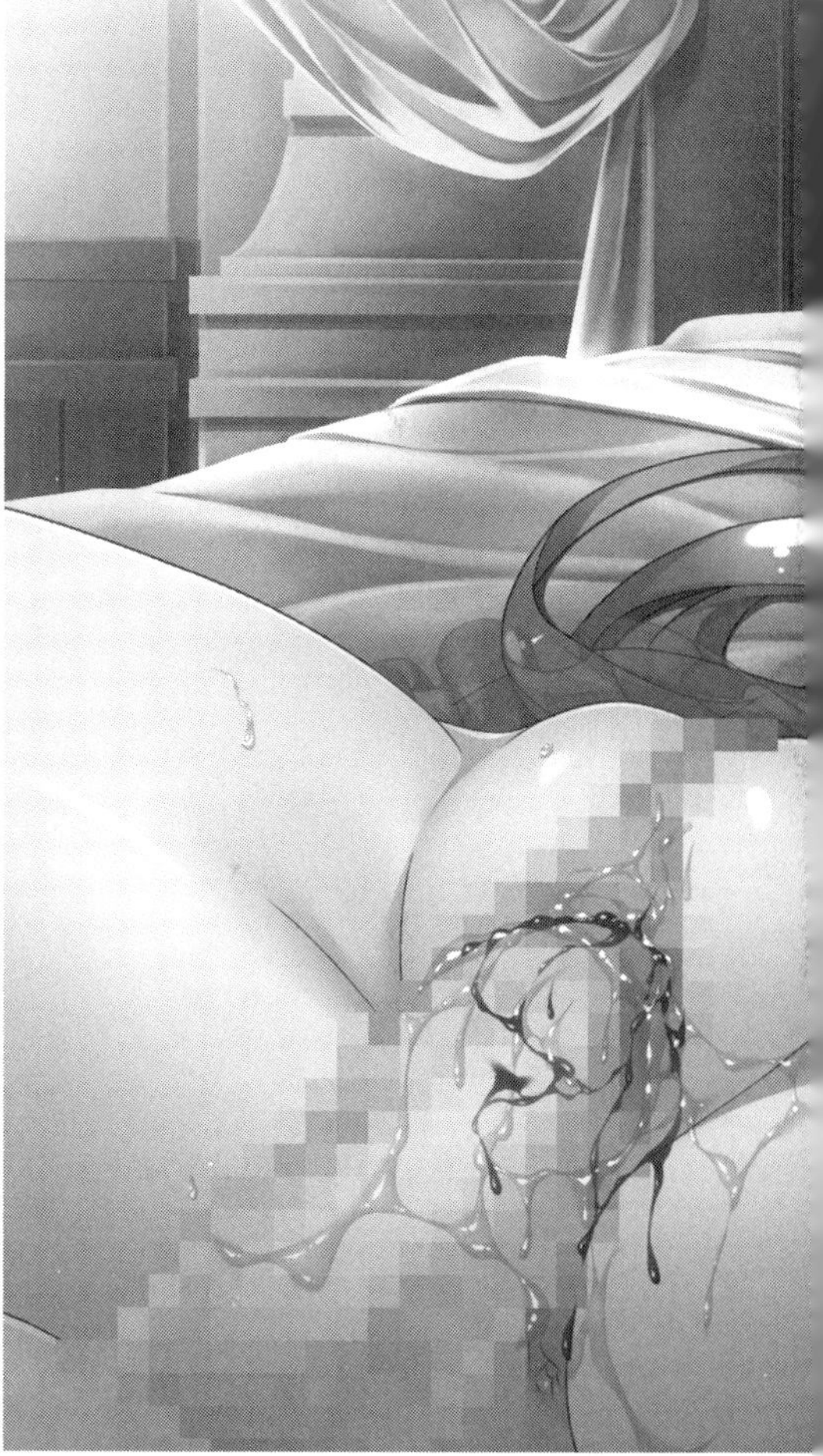

「ふぁ、あ、あっ、だめっ……だめぇっ、オチンチンで、私……ふぁ、あっ、変になっちゃうっ、ダメになっちゃうぅぅっ！　痛いのっ、痛いのに……ふぁ、あっ、やぁんっ、あっ、あっ、もぉ……、もぉっ……！」

突けば突くほど、光の喘ぎ声も大きくなっていた。限界が近いのだろうか？　全身を強ばらせながら、さざ波のように小刻みに震えていく。膣内の強い締め付けとあいまって、ヤバいくらいに強い快感が込み上げる。

「くぅっ……！　光、そろそろ出すぞ……！」

「う、うんっ……ふぁ、あっ、出してぇ……！　私の、中で……ふぁ、あんっ、あっ、あっ、あっ、気持ち良く、なって……っ！」

「ああっ、光のマンコに締めつけられて……くぅっ、思いっきり、イク……っ‼」

「ふぁ、あっ、やっ……あ、あ、あ、あっ！　やぁっ、すごい……んぁっ、あっ、ふぁ、あ、あ！　オチンチンが……んぁあぁっ、まだ大きくなって……っ、ふぁ、あっ、だめ……もぉおっ！」

光の指が、ガッチリとシーツを掴んでいた。背中を仰け反らせるようにして、腰をわずかに浮かせながら突き出してくる。

「くっ、もう、ダメだ……！」

「イクぅっ、イクッ、イクっ……ふぁ、あ、あっ、んぁあぁあぁあぁあぁあぁあぁあぁっ‼」

これ以上ないくらい、強く光の膣奥へとペニスを押し込んでいく。

　そして、俺は思いっきり射精してしまっていた。

「くっ……はぁっ、はぁっ、くぅぅぅっ……！」

「ん、あっ、あっ、あっ……！　中で……んぁあっ、オチンチン、暴れて……ひぅっ、や、あっ、熱いの……出て……っ。はぁっ、はぁっ、や、あ、あっ、すごいの……っ、だめ、これ……だめぇぇ……！」

　膣内に挿入されたまま、ペニスは精液を撃ち出すタイミングに合わせて激しく脈打っていた。あっという間に膣内には精液が満ち、繋がったままの部分からあふれ出してくる。その中に出される感触に、光は甘く声をあげながら悶えている。

「はぁ、はぁ、はぁ……光……くぅぅっ……」

「ひぅんっ、ふぁ、あっ……はぁ、はぁ、やっ、あ、あっ……まだ、んくぅっ、暴れて……っ、ふぁ、あっ、赤ちゃんのお部屋に……ドピュって……いっぱいしてるぅ……」

　光も絶頂が続いているのだろうか。全身の震えは治まらず、ペニスの締めつけもかなり強い。搾り取るかのように絡みつき、萎えかけたペニスを撫で回されてしまう。

「ん……ぐっ、ぬ、抜くからな……っ」

「ひあっ、あっ……んぁぁあぁぁぁっ……！」

　精液や愛液で滑るようにして、ペニスが抜け出てきた。絶頂後の膣内で擦れたためか、光は抜いただけでも気持ち良さそうに震えていた。そして、栓をなくした膣口から、ゆっくりと中出し精液が垂れてくる。

「はぁ、はぁ……んぅっ、ふぁ、あっ……はぁ、はぁ……精液……出し過ぎ、よぉ……」

少し激しくし過ぎただろうか？　光はグッタリと全身から力を抜き、肩で息を繰り返す。

「光、気持ち良かったよ……」

「ん……良かったぁ……」

俺はそんな光に覆い被さり、唇を触れ合わせる。しばらくの間、俺たちはようやくひとつになれた余韻に浸るようにしてキスを続けていた。

俺がみんなに甘やかされる癒しのハーレム

今日はまた一段と城内が騒がしい。宰相である姉さんを筆頭に城の使用人や兵士たち、それからオッサンも忙しそうに動き回っている。

（ついに、俺も結婚かぁ……）

俺やみんなの結婚式が明日に決定したけど、なんかまだ実感が湧いてこない。いきなり過ぎる日程だが、各国の来賓も断り勢いをもって一日で済ませる……というのがこの国の流儀らしい。それにしてもみんなが忙しく動き回る中、俺は誰の手伝いをすればいいのか？

「ふぅ……、いやぁ、城内警備っていうのは骨が折れるねぇ」

「おお、オッサン。お疲れ」

「お疲れじゃねぇ、明日は警備が全然足らないんだ。じつはこの日のために男共を1000人単位で募っていたんだがどうも集まりが悪い」

「俺の人気のなさが産んだ不運な事故かな？」

「ははっ、そうかもしれねぇなー」

そこまで言って、俺の隣に座り込むオッサン。これでタバコでも咥えれば、個人的には相当絵になると思う。

「しかしよう、いまだに信じられないぜ。おまえとあの超怖い宰相殿が、まさか血を分けた姉弟なんてよ……」

「分かる。俺だってまだ正直戸惑ってるし」

そうなのだ。光を加えた嫁ファイブが結成された日、マルー姉さんが俺たちを集めて驚くべきことを告げたのだ。それが〝俺は十数年前突如として異世界へと消えていったマルー姉さんの種違いの弟〟という衝撃的な事実だった。つまり俺は元はこのパルエッタの人間で、幼いころに何かしらの力によって日本へと飛ばされたのだという。

そういわれてみれば腑に落ちることがある。

そう、俺はたしかに八歳以前の記憶がない。

さらに日本の母さんもじつは俺を孤児院から引き取ってくれた里親でもある。さらにさらに、マルー姉さんをこの世界で最初に見たときの感覚だ。懐かしい……というのは正直なかったが、めちゃめちゃ話しやすかったのを覚えている。

「おまえら母親は同じで種違いなんだろ？　悔しいがウチの宰相殿は美人だ。きっとあっちは母親に似ておまえはその逆だったんだろ」

血縁的には先々代の王が親父、そしてマルー姉さんの母親が俺の母親ということらしい。

「ところでオッサンって、ふたつ前の王の顔知ってんの？」

「いや、俺はロズオーク王の顔は知らねえ。その王が病でくたばってから俺はこの国に来たんだ。ちなみにどんな血縁かは知らんが、前の王は愚王もいいとこ、最後は自分の女にも逃げられるダメ国王だったからな」

「へぇ、やっぱり噂どおりダメなヤツだったのか」

俺の前の王については少し気になっている。だって俺がいまの王なら、絶対に国民からはそいつと比べられているワケだし。

「まあ街でのいまのおまえの評判は、そんなに悪くはないぜ？　あのシャルローネ嬢を手なずけた男として、そして宰相を落とした男としても町中じゃ噂が絶えねぇ」

「……何だそれ？　よろこんでいいのか？」

「いいんじゃないか。まあおまえは、深く考えずにこのままいけばいいってことよ。安心しろ宰相とおまえの血の繋がりについては、箝口令も敷かれてる。知っているのは城の人間だけだ」

そう言うとそのまま席を外して階段を上がっていくオッサン。一応あの人なりに俺を応援してくれたんだと思う。なんか俺、あのオッサン結構好きなんだよなぁ。あんな人が大学の教授やバイト先の先輩にいたらどうよ？　普通にテンション上がると思うんだけど。

「おや陛下。また何かアルガスに吹き込まれたのですか？」

アルガスのオッサンが去って間もなく、今度はマルー姉さんが現れた。

「何も悪いことは聞いてないよ、ただその、姉さんのことは美人だって言ってた」

「そうですか、お世辞にしても何も響きませんね」

「あはは、姉さんはアルガスに厳しいよね」

「当たり前でしょう？　せっかくこうして異世界へと消えてしまった弟と再会できたのに、私の悪い話ばかり吹き込まれたらいい気分はしないもの」

珍しく少しだけいじけている様子の姉さん。周りを見渡すと、タイミングが良かったのかいまは誰も側にいない。

「ご、ごめんね。まだ俺、マルーさんが姉さんだってことに、ちょっと戸惑ってて。いや、疑ってるわけじゃないよ⁉　ただその、俺にも心の中を整理する時間が……‼」

「ふふっ、あんなに激しく私のこと抱いたくせに？」

そういって両手で俺の頭を優しく抱きしめてくるマルーさん改め姉さん。柔らかな胸の感触を両頬で感じると、どうしても姉さんを抱いた夜のことを思い出してしまう……。

「ごめんなさいね、感情も制御できないダメな姉で。ただ血の繋がりのある女を抱けば……、たとえあなたが重篤な状態になっても簡単に救うことができるから……」

そう。近親相姦だと後ろ指を差されることもあるだろうが、姉さんの言うとおり血の繋がりが濃いふたりが抱き合うと、それだけより多くの力が回復することが分かった。

しかしそんなことは俺にとっては単なる付加価値のひとつであって、単純にいまの俺はひとりの女として姉さんに好意を抱いている。

「でもね、抵抗があるならちゃんと言うのよ？　私だって、べつにあなたに精神的な負担を強いるつもりはないんだから」

「分かってるよ。ただ俺、こんなに綺麗な人が自分の姉さんだなんてさうれし過ぎて。ホント、このままいくと俺絶対にダメ人間になる気がするというか……」

「あら、綺麗だなんてうれしいわね。ありがとう。アルガスに褒められるより、何百倍もうれしいわ。でも安心して？　私はあなたの姉であり、この国の宰相でもあるの。言ってみれば国王の右腕よ？　優しいだけじゃなくて、ビシバシ厳しいことも言うつもりだから。そこはちゃんと覚悟しておきなさい。……それじゃあまたあとでね？」

「あ、ちょ、ちょっと……!!」

そういうと玉座の間へと姿を消していく姉さん。

俺たちは明日には結婚する。

頭は混乱するし、不安もあるけど……、これまで以上に賑やかで楽しい生活が待っているに違いない。

夏の日差しが眩しい。

きっと俺たちの未来もこの陽射しのように明るくて温かなものになるんじゃないか。そう強く予感させる昼下がりだった。

そして翌日。

俺と五人の奥さんたちとの結婚式が行なわれた。

「…………え？　これだけ？　俺の一世一代のイベントがたったの二行で終わり？」

「陛下？　いったい何をおっしゃられているのですか？」

「え、いや……べつにこっちの話です」

結婚式が終わった翌日。姉さんの招集により俺と嫁ファイブは玉座の間に集められていた。姉さん曰く「今後の方針を話し合いたい」とのことだったが……。

「で、姉さん。いったい何の話だったたっけ？」

「これから先、陛下が一体どんなハーレム生活を希望するのか――というお話です。婚礼の儀を経て今日からは全員が陛下と夫婦関係となりましたが、まずは陛下がこの先どんな生活をこの五人と送っていきたいのかをしっかりと考えて答えを出さないと、今後の皆の人生に大きな影響が出てしまいかねませんので」

「ようするにハーレムの中心にいる以上、王としても男としても主体性を持てって話？」

「そのとおりです。これまで歴代の王たちも何人かはこのタイミングで失敗をしております。女も人間である以上、結婚した王に失望したり、怒りをあらわにしたり……、いちばん困るのは、結局何を考えているのか分からない王ですね。評判の悪かった前王は、まさにそれで家臣や国民から大きな不興を買ってしまいました」

言っていることは分かるけど、これはなかなかプレッシャーのかかる話だ。この先の選択は、俺だけの人生に限らず……結婚してくれたみんなや、大袈裟に言ってしまうとこの国の行く末すらも左右する。姉さんは多分そんな話を俺にしてくれているんだと思う……。

「それに愛する女性がこの城から去れば陛下の身にも危険が及びます。ハーレムといえど信頼関係があってこそ成り立つわけですから、そこは真剣に考えていただきたいのです」

とりあえず姉さんの忠告は理解した。俺もここはひとりの王として……そしてみんなの夫として、今後の生活についてみんなに意見を聞いてみよう。

「方針かぁ……。なあ、光？　おまえはどんなハーレムがいいと思う？」

「はぁ？　そりゃ、ハーレムといえば誰がいちばんかを競い、あんたを取り合う正妻バトルに決まってるでしょ？」

「なるほど……、言い方はバイオレンスだが、ようするにみんなで俺を取り合い、ヤキモチを焼き合う、王道ラブコメハーレムってことだな？」

「いや血の雨が降る感じのな」

「こえーよ、それ！」

光に聞いた俺が間違っていた……。コイツがまともな答えを返してくるわけないなんて百も承知だったはずなのに……。

それなら最もまともな答えを返してくれそうなのは――。

「ソフィはどう？」

「私ですか……？　そうですね、旦那様を皆さんでたっぷり甘やかして、癒して差し上げたいです」

「おお、なんだかそれハーレムっぽい！」

「お兄様、私の意見も聞いてくださいませ」

「そうだな。せっかくだから全員の意見を聞いておこうか。シャルはいったいどんなハーレムがいいと思っているんだ？」

「やっぱりお兄様が私たちをグイグイと引っ張ってかっこいい姿を見せてくれるようなハーレムがいいわ」

俺がみんなを引っ張る？　まあそれも一理あるよな……。いまはただでさえ姉さんにおんぶに抱っこの状態だから、少しくらいかっこいいところも見せたいし。

「なるほど、そういうのもあるのか。じゃあ、次、キキ」

「は、はい⁉　えーっとですね……、私はメイドとしてご主人様のお世話をさせていただくようになってとても幸せを感じていますので……、その……、みんなでご主人様をお世話するようなハーレムがいいな……って」

おお、それもよさそうだ。何もかもをみんなに任せて、俺は日がな一日ゴロゴロしているだけの生活。うん、いいかも！

「姉さんは何かある？」

「私は、陛下のお好きになさればいいかと」

「好きに？　それって俺が王様の権限をフルに使って、自由気ままに生活していいってことだよね？　まさに俺の俺による、俺のためのハーレム‼」

「陛下……。だらしないお考えが顔に出ていますが……」

「ああ、気にしないで！　まあ五人それぞれの理想のハーレムがあるって分かった。ただ俺もまだいろいろと初心者だからさ、とりあえずひとつずつ試してみようかと思うんだ」

「はぁ？　あんたそれ、主体性も何もないじゃない」

「いや、違うね！　みんなの意見を聞くことによって、最も合ったハーレムを求め続ける。そう、俺はハーレムの求道者になるのだよ、光！」

「はいはい、そうですか。それで、どれからやるの？」

「そうだなぁ……。せっかくの機会だから、ソフィが言ったみんなに癒されるやつかな？」

「私の意見を取り入れてくださるのですね！」

ソフィーヤの「俺をたっぷり甘やかして癒すハーレム」は間違いなくすばらしいと直感が告げている。男なら誰もが一度は夢見る癒やし癒やされのリラクゼーション私生活。これだけ上玉揃いの癒やし生活なら、どうなろうが俺に不満など出るはずがない。ソフィーヤたちのことだから、癒やすとなったら徹底的に、そして最後まで俺を甘やかしまくるだろう。

「それで、どんなことをしてくれるんだ？」

「はい。とりあえずはこのまま大浴場へとまいりましょう♪」

「大浴場か！」

「ええ、ご奉仕の基本はまずお風呂から、です♪」

「なるほど〝陛下のお背中は私たちが綺麗にお流ししまーす〟ってノリなわけね。さすがはソフィーヤ、王道にしてなかなかいいところを突いてくるわ」

光が唸るのもうなずけるなかなかの提案だ。

こうして俺たちはまず「甘やかし&癒しのハーレム」を実践してみることにすした。

＊　＊　＊

この城の大浴場はかなり広い。下手な温泉宿なんかよりもずっと広くて豪華だ。

しかも使えるのは王様とその妻だけ。つまり俺とソフィたち五人だけという贅沢仕様となっていて、邪魔者も入らない。まさに最高の癒し空間といえるだろう。

「しかし遅いな……。何をやってるんだろう」

服を脱いで入るだけなのにどうしてこんなに時間がかかるんだ？　まぁ女性の場合、男と違っていろいろと用意があるのかもしれない。ゆっくりと湯船に使って待っていよう。

そんなことを考えているうちに脱衣所の扉が開いて五人が入湯してくるのが見えた。

「日那様、お待たせしました」

「はいはいはいッ‼　ちょっぴり残念ポイントォォォ！　ちょっといい？　何でみんな水着なの⁉　風呂なら普通裸だろ！　サービスなら生肌でいろいろやってくれよぉ！」

「あ、うん。そこは私もそう思ったんだけど、マルーさんがさ……」

「今回は性的な奉仕はナシの方向でいこうと決まりましたので、私が提案いたしました」

むしろ性的に奉仕してくれ！！！！！

「ふふっ、いいからいいから、お兄様は私の隣に来て？」

「あ、あの……！　私もご主人様のお隣が……！」

俺の左にキキ、右はシャルのふたりがピッタリとくっついてくる。そして俺の両腕からはふたりのプニプニがしっかりと伝わってきて……、お、おぉ……！　なんかちょっとこれはいい感じだぞ……！

「旦那様、お湯加減はいかがでしょう？」

「あ、うん、ごめん。いまは胸の感触で頭がいっぱいです」

「えへへ、ご主人様……」

「ふふっ、お兄様～♪」

ああァァァァ!!　いまなら死んでもいい……!!　高級風俗店も真っ青なクオリティ！　嫁ファイブのビジュアル、レベルが高過ぎ……!!

「みんなありがとう。天国過ぎて陛下、泣いちゃう」

「ううっ、良かったわねぇ……。これまでずっとあんた、ぐすっ、枯れた青春を送ってきたんだもんねぇ……」

光が涙ぐむ。寂しい童貞から一転、本当に人生ってやつは何が起こるか分からないから面白い。それでも異世界で王様になるってのはさすがにイレギュラー過ぎると思うけどさ。

「あの……、私もくっついていいでしょうか？」

「もうくっついてるじゃん！」

「ふふっ、それじゃあ失礼して私も～♪」

そんなことを思っていると正面に新たなプニッが追加されて……。ソフィが正面、そして光が俺の背中に抱きついてくる。プニプニがさらに倍になった。これは癒される！

「あの、こうしてみんなで入るお風呂って、すごく楽しいです」

「うん、キキ。俺も楽しいしうれしいけど、ちょっとみんなくっつき過ぎじゃない……？」

会話中にも俺の体のいたるところで感じるプニプニの感触！　おお、極楽じゃあ～♪

プニッ――。

プニプニッ――！

むにゅっ♥

「だ、誰だ俺のチンコ揉んだやつ！」

「ふふっ、さて誰でしょう？」

「いや光！　おまえしかいないだろ！　シャルもあぶないけど、キキやソフィがそんなことするはずない！」

「ごめんなさい……つい、好奇心で……」

まさかのキキだった……。

「いや、キキなら許す」

「何でだよ！　っていうか、あんた一応私に謝りなさいよ‼」

みんなで楽しく入浴タイム。しかし女性陣の興味は悲しいことに、俺よりどうやら下半身の付属物にあるらしい。

ムギュッ♥　ムギュッ♥

いやいや、そんなに刺激を与えないでください。そんなことをされてしまうと……。

「あ、あの、旦那様……いますごく大きくなっていませんか？」

「うん、ごめん。あとソフィって、割と堂々と握るんだね」

「じゃあ私はこっちにするわ、お・に・い・さ・ま♥」

「ちょっ……！　おまえ……！」

「ン……ちゅっ、んン……」

みんなの前で堂々と正面からディープキスをかましてくるシャル。こ、こいつ……！　舌の動きが本気だ……！

「ンッ、ン……ちゅっ、んむっ……。ふふっ、お兄様ぁ……」

「うわ凄っ‼　あんたキス程度でこんなに固くしないでよ変態！」

いや無茶言うなよ‼　これで勃たなきゃむしろ男として終わりだろ‼

「あの！　ご主人様、質問があります‼」

「ん？　なに、キキ？」

「そ、その……これって自由に動かせるんですか……？」

でた！　女子特有の素朴なチンコ疑問！

「まあ、ある程度は？　左右は無理だけど上下運動ならそれなりに動くぞ」

「あ、あの……、ではお見せしていただいても……」

「お、どれどれ？　私にも見せてよ」

「さあ、お兄様！　動かしてみて」

すごい。別の意味でチンコが大人気。

「はいそこまで。これ以上は陛下がお困りです。それに奉仕する側が陛下に負担をかけるのはいかがなものでしょうか？」

「そ、そうね。マルー宰相の言うとおりだわ。ごめんなさい、お兄様」

とか言いつつまだ握っているシャル。みんなも少し反省したのか、各々この広い浴場で静かに肩まで浸かりはじめる。

「姉さんありがとう。でもホント、俺の風呂までいちいち気にしなくても大丈夫だよ」

ひと息つきながら、なんとなく姉さんの隣りへ移る。すると――。

むぎゅっ、ムギュッ♪

ね、姉さんまで俺のチンチンを握ってきたァ!?

「入浴中はお静かに。これはどの国であっても共通したルールです」

「あ、はい……あ、あの……！」

お湯の中で、みんなにバレないよう器用な手つきで俺のチンコを弄んでくる姉さん。こ、この人……!!　涼しい顔して何て鬼畜な……！

「ちょ、ちょっとタイム……！　これ、気抜いたら俺出ちゃうんですけど……！」

「あらいけない子ね。私の知っている弟は、もっと純粋で大人しい子だったはずなのに……。それがいま、姉さんの手の中で一体どんなふしだらな妄想を膨らませているのかしら」

妄想じゃないよ！　物理的に気持ちがいいだけなんですけど!!

さすがにそんな様子を他の四人も気が付いたようで……。

「あ、ずるいわ……!!　私にもさせて……!!」

「はわわ……、だ、旦那様！」

「お、大きくなってお湯からはみ出ていますわ!!」

「なんか腹立ってきた。ちょっとあんた一回お湯から出なさい！　口でしてあげるから！」

「半ギレで言う台詞かよ!!」

そういいながらも俺たちはいつもより賑やかな入浴タイムを送った。それ以降、何度も俺の股間はおもちゃにされ、最終的には湯あたりでダウンという悲しい結末が待っていて……、次に目覚めたのは自室のベッドの中だった。

＊　＊　＊

（……ん。ここは……？　そっか、俺……湯あたりをして、そのまま……）

大浴場での一件……。はたして、俺は癒されたのだろうか？

うーん。結構楽しかったといえば楽しかったし、癒された……のかな？

それに、こうして俺の身体を心配してくれる人がいるっていうのもやっぱり癒しだよな。

「すーっ、すーっ……」

倒れた俺を看病してくれていたのだろう、横にはソフィーヤが寝息を立てて眠っていた。

さらに反対側にも誰かがいるようだ。俺はそっと首を後ろに回すと、それはキキだった。

隣でソフィーヤの寝息を聞きながら、さらに一緒に寝ているキキのことを考えると……って！　アホか俺、こんなタイミングで性欲爆発してどうする……！　でもこの状況でこっそり自分で処理するってのもなあ……。

そんなことを考えていたら、寝ていたはずのキキと目が合ってしまった。

「目が覚めたのですねご主人様。どうぞ、じっとしていてください」

「……え、キキ!?」

「……しっ。ソフィーヤ様が起きてしまいます」

そういいながら横から伸びたキキの手が俺の股間を優しく撫ではじめる。

「ソフィーヤ様を起こすわけにはいきませんので、手だけで我慢してくださいね……」

「あ、うん」

ズボンに入ってくるキキの手をそのまま受け入れる。

「……もう、ずるいですよキキさん」

「ソフィーヤ様⁉」

「旦那様もお目覚めになったのならお声掛けしてくだされはいいのに」

そういいながらキキの手と重ねるようにして、俺の股間を上下に刺激してくる……。

「お願いします旦那様……。手だけでは興奮が収まりそうにもありません……」

「私からもお願いしますご主人様……。私たちのオマンコで気持ち良くなってください」

この状況でそんなセリフを言われて我慢できる男がいるわけないだろ‼　俺はふたりに衣服を脱いで四つんばいの格好で並ぶように命じる。

「ご主人様、これでいいでしょうか……？　そ、その……恥ずかしい、です……」

「はい、すごくドキドキします……、旦那様に見られていると思うと、下腹部がきゅんって熱くなって……」

「あ……わ、分かります。私も何をされるのかとドキドキして……、その、オマンコが濡れてしまうんです……」

ソフィーヤとキキは、股を開きながら恥じらうように目を伏せた。だが、期待するような眼差しをチラチラと俺へ向けてくる。

「ふたりともエロいんだな」

「んっ……そ、そのようなこと、言わないでください……」

「旦那様に言われると恥ずかしいです……」

そう言いながらも期待するような眼差しは変わらなかった。丸見えになっている割れ目からは、揃って透明な蜜が垂れている。それを見ているだけで、俺の股間も硬く、大きく膨らんでいく。

「じゃあ、まずはキキ……自分でその割れ目を広げるんだ」

「……っ、は、はい、ご主人様……。これで……んっ、いいでしょうか……？　どうぞ、私のオマンコ……お、奥まで見てください……」

くぱぁという音がしそうな感じで、キキは自分の割れ目を指で押し開いた。膣口が

見え、その奥からにじみ出る愛液までもが丸見えになってしまう。

「そのままでいるんだぞ」

キキにそう告げると顔を埋めるようにして割れ目へとキスをする。

「ひゃっ……!?　あっ、んっ……ご主人様……ふぁ、あっ、やぁっ、舐めちゃ……んっ、ふぁ、あ、あっ……！　そこ……汚い、です……ふぁっ、んっ、んぅっ、あんっ、あっ、あっ、あっ……！」

ちゅっと音を立てながら唇を押しつける。舌を出し、割れ目にそって大きく愛液ごと舐め上げていく。

「あんっ、んっ……あっ、やっ、舌が……ひぅんっ、入ってきて……ふぁ、あ、ああ……！　ご主人様ぁ……やんっ、あっ、あっ、ふぁ、あっ、んっ、恥ずかしいです、からぁ……っ」

舌を動かすたびに、ぴちゃぴちゃとエロい音が大きく響いた。だが、どれだけ舐め取っても、次から次へと愛液があふれ出してくる。キキも股間を舐められて感じているのか、切なそうに腰をくねらせていた。

「旦那様に舐めてもらえるなんて……うらやましいです……」

「あんっ、あっ、あっ、ソフィーヤ様ぁ……んっ、ふぁ、あっ、見ないでください……っ！　こんな、はしたない……ところ……ひぅんっ、ふぁ、あ、あ、あ……！」

キキが興奮したことで、雌の匂いが強く立ち込めてきている気がする。それはさらに興奮を煽り、俺をますますキキの股間へと吸い付かせる。

「んっ、あっ……！　そんな……ひぅんっ、強く吸っちゃ、だめ、です……んぁあぁっ！　やっ、あっ、あっ、ごめんなさい、ご主人様ぁ、わ、私、もぉ……ふぁ、あ、あ、あっ、イ……っ、イッちゃいますぅぅぅぅぅぅぅぅぅぅぅっ……!!」

「む、ぐっ……ぷはっ!?」

快感に我慢できず、反射的にキキの腰が大きく跳ねていた。俺の顔へと股間が押しつけられ、俺はとっさに身体を起こしてしまう。

「んっ、んっ、ん……っ、ふぁ、あっ、あ、あ、あ、あ……！　気持ち、いいの……ふぁ、あっ、中で、暴れて……んっ、ふぁ、あ、あ、あっ……！　はぁっ、はぁっ、あ……ぅ、ご主人様……ひぁ、あっ、私……もぉ……」

何度も繰り返し身体を震わせ、膣内から愛液をあふれ出させる。ひとしきり快感の波が通り過ぎたあと、キキは荒い息を吐いていた。興奮が振り切れてしまったようなエロい顔で、ぐったりと力が抜けている。

「よし……次はソフィだ」

「は、はい……。どうぞ……旦那様の、お好きに弄ってください……」

期待するような、それでいて、恥じらっているような。そんなドキドキしているのを隠さない表情で、ソフィーヤも股間を突き出してきた。俺はその姿に興奮を覚えながら、股間へと顔を埋める。

「んっ……んっ、んぅぅ……ふぁ、あっ……や、あっ、旦那様ぁ……っ！　あ、んっ……

ひゃっ、あっ、そこ……くすぐったい、です……っ、はぁっ、はぁっ、でも……ひぁ、あっ、はうぅっ……！　あんっ、舌が中に……ふぁ、あ、あっ、音を立てて舐めちゃ……んぁあぁあっ……！」

ぴちゃぴちゃと割れ目をなぞりながら、舌を上下に動かしていく。最初こそくすぐったそうだったソフィーヤだが、すぐ声に艶が増してきた。膣口に舌先を差し込み、音を立てて愛液を啜る。ぷっくりとしたクリトリスを突っつくと、ガクガクと腰が揺れ始めた。

「ふぁ、あっ、やんっ、そこ……敏感です……ふぁ、あん、あっ、あっ、あっ……！　ひぅんっ……ふぁ、あんっ、あっ、あっ、旦那様ぁ……あ、んぁあぁぁっ……！」

割れ目を何度も繰り返し舐めまわし、アクセントにクリトリスも舌先で転がしていく。そのたびに可愛らしい嬌声とともに愛液がソフィーヤの膣内からあふれ出してくる。

あそこを舐め回すたびに艶めかしく腰をくねらせ、口からは甘いさえずりが漏れ出すソフィがエロ可愛らしく、めちゃくちゃ興奮してしまう。

「はぁ、はぁ……ソフィーヤ様……えっちでステキです……」

「キキさんも、もっと旦那様に……ひぅんっ、していただきましょう……？」

「わ、私も、ですか……？」

「旦那様……あんっ……はぁ、はぁ、お願いします……んっ、キキさんにも……」

「……ぷはっ。はぁ、はぁ……もちろんだ」

先ほども一度絶頂させているが、それで終わるのはもったいない。俺はソフィーヤの股間を舐め続けながら、指でキキの股間を弄んでいく。

「ふぁ、あっ……!? んっ……ふぁ、あっ、ご主人様……ひゃっ、あ、あ、あっ……!

はぁっ、はぁっ、あんっ、あっ、あっ、指が挿って……んっ、んぁ、あ、あっ……!」

一度絶頂したことで、キキの膣内はこれ以上ないくらいに濡れそぼっていた。俺はそこへ、指を二本まとめて押し込む。

浅い位置のお腹側……Gスポットがある場所を、指先でクニクニと弄っていく。

「ひっ……んぅっ、あっ、あ、あっ、や、んっ、ふぁ、あっ、ご主人、様ぁぁ……らめ、らめ……そこ、ふぁ、あ、あ、あっ！ あんっ、あっ、あっ、あっ、怖いですっ、ふぁ、あっ、感じ過ぎてぇ……ふぁ、あ、あ、あ、あ、あ、あっ……！」

敏感になっている所為もあると思うが、キキがいままでにないくらい乱れ始めた。舐め回したとき以上に感じているようで、腰をくねらせながら甘い声を何度も漏らしている。

「はぁっ、はぁっ、ふぁ、あっ、キキさん……んっ、すごい、です……そんなに気持ちいいんですね……？ 私も……ふぁ、あっ、も、もぉ、イッちゃいそうです……あんっ、あっ、あっ……旦那様ぁ……はぅんっ、んっ、あっ、あっ、あっ、ぁ、あ……旦那様ぁ……！」

キキの様子を見て、ソフィーヤもますます興奮してきたようだ。呼吸も荒く身悶えながら、愛液をあふれさせている。

腰がびくっびくっと小刻みに揺れ、ぎゅっと四肢がこわばっていく。

「も、もぉ……んぁっ、あ、あっ、イッちゃう、イクぅっ、イクぅ……っぅぅぅぅ……

んっ、んあぁあぁあぁぁぁぁぁぁぁぁぁぁぁぁぁぁぁぁっ……!!」

「ぐぅっっ……!?　ぷはっ!!」

ソフィーヤは絶頂した瞬間、派手に愛液を膣内からあふれ出させた。溺れそうになるところを慌てて顔を引き剥がし、俺は休むことなく今度は指の動きに力を注いでいく。

「ひっ、ふぁ、あ、あ、あっ……！　ご主人様ぁ、ふぁ、あっ、激し……あっ、あっ、あっ、あっ、あぁっ、んぁあぁぁぁぁっ……!!」

指を突っ込んでいるキキの膣内を激しくかき回す。先程もイッているため、めちゃくちゃ感じやすくなっているところだ。すぐに限界が訪れたのか、挿入している指を食い千切りそうなくらい強く膣内が締まっていく。

「んぅうっ、んっ、んぅぅぅぅっ、ふぁ、あっ、はぁっ、はぁっ、も、もぉ……らめ、らめ……っ、イクぅぅっ、イク……っ、ィ……クぅぅぅぅぅぅぅぅぅぅぅぅっ……!!」

どぷっとキキの中からも大量の愛液があふれ出し、俺の手を濡らしていく。背を反らしながら腰を突き上げ、キキは激しく身体を震わせた。なかなか絶頂の快感が途切れないのか、先程よりも長く悶えている。

「はふぅっ……はぁ、はぁ……すごかった、です……旦那様ぁ……。はぁ、はぁ、まだ、気持ちいいの……んっ、続いてて……」

「ふぁ、あ、あ……はぁ、はぅぅぅ……わ、私も、また……イッちゃいました……。はぁっ、はぁっ、私が……んぅっ、ご主人様を、気持ち良くして差し上げたいのに……」

「そういえば……。旦那様のオチンチン、すごい張り詰めてます」

「すごく……お、大っきい……です……」

荒い息を吐きながら俺の股間を見て頬を染める。俺の股間はふたりの痴態を見せられたことで、いまにも暴発しそうなくらい勃起していた。

「はぁ、はぁ……キキさん……」

「は、はい、ソフィーヤ様……」

ふたりは顔を見合わせてうなずき、今度は俺へとお尻を突きだしてくる。

「旦那様……そのままでは、オチンチンが苦しいですよね……？　どうぞ、今度こそ私たちのオマンコを使って気持ち良くなってください……」

俺の目の前で、誘うようにソフィーヤのお尻が左右にくねる。愛液が太股を伝って垂れていく。すでに準備は万端で、物欲しそうにふたりの割れ目がひくひくと震えている……。

「はぁ、はぁ……わ、私のオマンコも、どうぞ……お使いください、ご主人様ぁ……、んっ……あ、ぅぅ……お、オチンチンを挿れて、どぴゅってしてください……」

キキもソフィーヤに習って同じようにおねだりをしてきた。だが、さすがに恥ずかしいのか、目元が潤んでしまっている。そんなふたりの申し出に俺は生唾を飲み込んだ。

「そうだな……ありがたく使わせてもらうとするかな」

すでに我慢するのも辛いくらいに膨張してしまっているペニスは、天を突く勢いで早く気持ち良くなりたいと訴えかけてきていた。

「それで旦那様、どちらのオマンコを使いますか……？」

「そう、だな……」

正直に言って、どちらも魅力的過ぎて選びづらい。ただ……先程のキキの恥じらいを見ていると、少し報いて上げたい気分にもなってくる。

「じゃあ、キキ……挿れるぞ？」

「……っ、ふぁ、ふぁいっ⁉」

自分が指名されると思っていなかったのか、キキが素っ頓狂な声をあげた。そんなところも可愛らしく思いながら、俺はすぐに濡れそぼった膣内へペニスを挿入していく。

「んっ……き、きましたぁぁぁあぁっ！　ふぁ、あっ……んっ、んぅっ……はぁ、はぁ……ぁ、あ、あ……大きい……です……っ、あんっ、んっ……ふぁ、あっ、ご主人様……ふぁ、あっ、大きくて、太くて……私の中が、いっぱいになっちゃってます……」

すでに前戯は十分だったため、あっさりと根元まで収められてしまった。キキは身体を震わせて挿入感に堪えつつ、甘く切なげな吐息を漏らす。

「キキの中、めちゃくちゃ熱くなってる……。とろとろだ……」

「はぁ、はぁ……ご主人様が……んっ、あっ、いっぱいしてくれましたから……お口でも、指でも……んっ、あんっ、私……何度もイッちゃって……」

そのときの快感を思い出しているのだろうか？　キキの膣内が小刻みに震え、ペニスに絡みついてきた。愛液が増してぐちゅぐちゅになり、包み込んだペニスをまさぐってくる。

「んっ……はぁ、はぁ……ご主人様、いっぱい私のオマンコをずぼずぼしてください……、中にドピュってして、種付けセックス……して欲しい、です……」

「……っ、キキ……」

ヤバい、恥じらいが混じっていることもあって、キキのおねだりの破壊力が半端ない。

「動くぞ、キキ……っ」

堪らなくなり、俺はキキのお尻を鷲掴みにしながら腰を激しく振り始めた。

「んっ、んぅうっ、ふぁ、あ、あんっ、やっ、あっ、んんっ……あ、あ、あ、あ……！　ご主人様……ふぁ、あっ、あんっ、あっ、あっ、あっ、あっ……！」

力強く、膣内をかき回していく。膣奥をグッと突き上げると、キキは仰け反るようにして大きく喘いでいた。膣内は小刻みに震えながらペニスを包み込み、離すまいとぐいぐい締めつけてくる。

「はぁっ、はぁっ、んっ……あっ、あっ、奥……ずぅんって、ふぁ、響いてます……っ、あんっ、あっ、あっ、赤ちゃんのお部屋、オチンチンで……んっ、ふぁっ、あっ、こんこん、してぇ……んぁああぁっ！」

強い刺激に、キキは大きく身悶えた。膣奥が敏感なのか？　とろとろの膣内は、何度か往復するだけでもイってしまいそうなくらい気持ちいい。ふたりにクンニをしてる最中も興奮しっぱなしだったため、すぐにでも出してしまいそうだ。

「ご、ご主人様ぁ……ふぁ、あっ、いかがですか……？　ひぁっ、あ、あ、あっ……、私……ぁんっ、頑張って、オチンチンをよしよしってしますから……んぁあっ、いっぱいずんずんしてください……はぁっ、よしよし……んっはぁっ、あぁぁあぁぁっ！！！」

「ああ……最高だよ、キキ……。キキの中でチンポがよしよしされて、すぐにでもイってしまいそうだ……」

だから、話している最中も自然と腰の速度が上がってしまう。

「ひゃっ、あっ、あんっ、は、はい……嬉しい、です……ふぁ、あ、あっ！　私……ひゃっ、すぐにイキそうですけど……んぅっ、イッても、よしよし、頑張りますから……っ！　だから……ふぁ、あっ、オチンポ汁を、ぴゅっぴゅって……ふぁ、あ、あ……！」

くそっ、ダメだ……！　いじらしいキキに堪らなくなり、激しく腰を使って膣内をかき回しはじめる。

「んんっっっっっっ～～～～～～っ！　んぁっ、あっ、あっ……は、激し……んぁあぁあぁぁぁぁっ！　やんっ、あっ、あっ、あっ、ふぁ、よし、よ、しっ……んっ、あ、あ、あ、あ、あ、あっ……！　はぅっ、んっ、あっ、やっ、あ、あっ、い、イクぅぅっ、イッちゃいますぅ、ごめんなさいっ、ご主人様ぁ！　ふぁ、あっ、あっ、あ――――」

のけぞり、全身を激しく震わせながら自分からも腰をくねらせる。元々、二度も絶頂を繰り返していたため、限界値は低かったのだろう。少し激しくしただけで、あっさりとキキは絶頂へと昂ぶっていく。

「はぁっ、はぁっ、このまま中に出すぞ……!!」

「んぅぅっ、ふぁ、あっ、は、はいぃ……出して、くださいっ、ふぁ、あっ、中で……んぅうっ、ふぁ、あ、あっ、ふぁ、あ、あっ、もぉ……らめ、イクぅぅっ……！　んぁあぁあぁあぁあぁあぁあぁあぁあぁあぁあぁあぁあっ……!!」

ひときわ大きな震えが、キキの全身に襲いかかった。俺はそんなキキを押さえ込み、一番深いところにペニスを押しつけて思いっきり射精する。

「んぅぅぅっ、ふぁ、あっ、ぁ……んっ、ふぁ、あ、あ、あ、あ……っ……ご主人様ぁ……出てますぅ……んぅっ、ふぁ、あっ、オチンポ汁……子宮に、どぴゅって……っ、はぁっ、はぁっ、ふぁ、あ、あ……は、ぅぅぅぅ……っ」

胎内で射精を受けている間、キキはいつまでも身体を震わせていた。少しでも多く精液が欲しいのか、搾り取るように膣内が収縮を繰り返す。だがひと通り射精が終わってペニスを抜くと、一気に脱力したようにへたり込んでしまった。

「はぁっ、はぁっ……んっ……ふぁ、あ……すごかった、です……ご主人様ぁ……。オマンコから……ひぅんっ、んっ、ぁ……赤ちゃん汁……あふれちゃいますぅ……」

肩で呼吸を繰り返し、惚けたような表情を浮かべる。なんというか……股間から精液を垂らしている様子は、めちゃくちゃエロい。

「旦那様……、次は私の番……ですよね？　んっ、はぁ、はぁ、旦那様とキキさんのえっちを見て、オマンコがきゅんきゅんしてしまって……」

誘うようにソフィーヤが腰を左右にくねらせる。言葉どおりに興奮していたのか、愛液がさらに大量にあふれていた。

「旦那様のカチンコチンのオチンポ、挿れて欲しいです……。いーっぱい、ずぼずぼして感じてください……♪」

「はぁ、はぁ……分かった。じゃあ、すぐに挿れるぞ……？」

幸い一度の射精程度では萎える気配もなかった。俺は精液とキキの愛液にまみれたままのペニスを、今度はソフィーヤへと押し込んでいく。

「んっ、んっ、んぅぅぅ……ふぁ、あ……あんっ、旦那様のオチンチンだぁ……っ♪　はぁっ、はぁっ、旦那様……ひゃっ、あんっ、あっ、んくぅぅぅっっ……！」

膣口を大きく押し拡げ、ゆっくりと蜜壺の中に侵入していく。その感覚にソフィーヤは全身を震わせながら歓喜の声をあげていた。ズンッと膣奥を叩くと、甘く喘ぎながらぎゅっと膣内を締め付けてくる。

「ふぁ、あっ、すごいです……オマンコが完全に、旦那様のオチンチンの形になってます……。はぁ、はぁ、旦那様ぁ……あんっ、いっぱい、私の中で癒されてくださいね……？」

色っぽく、慈愛に満ちた表情で俺へと微笑みかけてきた。そして俺が動きだすよりも早く、ソフィーヤは自分から腰をくねらせていく。

「んっ、んっ、んぅ……ふぁ、あっ、やんっ、んっ……あっ、ふぁ、あ……っ！　はぁ、はぁ、んっ……ひゃんっ、あっ、あっ、んぅぅっ、はぁ、はぁ、あぁんっ♪　ふふっ、旦那様……？　私の子宮に……ひゃんっ、ずんっずんってオチンチンが当たってます……」

ソフィーヤばかりにがんばらせるわけにはいかない。俺も彼女の動きに合わせて、力強く腰を打ち付けた。

「ふぁ、激しく……ひぁ、あっ、なって……んぅうっ、ふぁっ、あんっ、あ、あ、あ、あっ……！　んぅ……あんっ、あ、あっ、ふぁ、あ、旦那様……力強くて、素敵です……っ」

ぐちゅぐちゅと音を立てて、熱く潤んだ膣内を激しく突いていく。深いところを突かれる快感にとろけるような表情を浮かべていた。強く膣内が収縮するたびにペニスにヒダが絡みついてくる。熱くとろける感触に包まれて、すぐにでもイってしまいそうだ。

それでもソフィーヤより早くはイクまいと、必死に腰を打ち付けまくる。

「ふぁ、あ、あ、あっ、子宮に、オチンチン擦れて……んぁあっ、や、あっ、ん、んぁあぁぁぁぁぁ……！　ぐりぐりしちゃ……ふぁ、あ、あっ、だめぇ、感じ過ぎて……ひぅんっ、ふぁ、あっ、旦那様……やんっ、あっ、あっ、あっ、あっ……！」

びくんっ、びくんっと綺麗な背筋が波打つように震える。愛液が量を増し、太股を伝って大量に垂れていた。小刻みに蠢動《しゅんどう》する膣にしごかれて、俺も一気に射精感が昂ってくる。

「はぁっ、はぁっ、ソフィ……くぅっ、そろそろ出すぞ……！」

「は、はいっ……んぁあっ、出して、ください……あんっ、あっ、あっ、あっ、奥で、どぴゅって……ふぁ、あっ、イッてくださいっ……！　あんっ、あっ、あっ、あっ、私も、イキます、から……ふぁ、あ、あっ！　い、一緒に……旦那様ぁぁ……っ」

「ああ……イクぞ、ソフィ……！」

「んぁあぁぁあっ、旦那、様……が、あ、あっ、はぁっ、はぁっ、ん……ぁ……！　イクぅぅぅうっ……ふぁぁあぁぁあぁぁあぁぁあぁぁあぁぁあぁぁあっ……‼」

先にソフィーヤが絶頂した。

ペニスに絡みついてくる感触を味わいながら、俺も膣奥へ先端を押しつける。

「くっ……はぁっ、はぁっ……うぉぉおっ！」

どくんっと心臓が高鳴り、俺は思いっきり精液を打ち出していた。ペニスを脈打たせながら、ソフィーヤの狭い膣内へ大量に注ぎ込んでいく。

「ひぅんっ……んっ、んぅぅぅぅ……ふぁ、あ、あ、あ……っ、はぁっ、はぁっ、いっぱい……ひゃ、あっ、オチンチンが、中で……ふぁ、あっ、脈打ってます……。赤ちゃんのお部屋に、ぴゅっ、ぴゅって、オチンポミルクがあたって……、感じてしまいます……」

胎内で精液を受けながら、ソフィーヤはうれしそうに喘いでいた。射精中のペニスを締めつけながら、搾り取ろうと絡みついてくる。

「や、んっ……ふぁ、あ……旦那様のお種が、零れて……はぁ、はぁ、はぁ……」

射精が止まると、俺はゆっくりとソフィーヤの膣内からペニスを引き抜いた。途端、中出しした精液があふれてくる。

「はぁ、はぁ、はぁ……素敵でした、旦那様……。あんっ、ふぁ、あ……私、もぉ……足も、ガクガクで……っ」

「ああ……気持ち良かったよ、ソフィ。お疲れ様。それに、キキも……」

「ふぁ、ふぁい……ご主人様ぁ……。お役に立てて、私もうれしいれす……」

まだ、キキは絶頂の余韻から立ち直っていないようだ。微妙にろれつの回っていない言葉遣いで、惚けた様子でうなずき返してくる。

「ふたりとも……ありがとうな」

「あ……ん、ご主人様……」

「旦那様……愛してます、ちゅっ……」

俺はふたりを抱き寄せ、耳元で囁《ささや》きかける。それを受けてキキとソフィーヤはうっとりとうなずきながら、お返しとばかりにキスをしてくるのだった。

俺が尻に敷かれちゃう逆ハーレム

ソフィーヤの提案した癒しのハーレムは最高だった。それにソフィーヤとキキを同時に相手にする3Pは想像以上で、ハーレム感も存分に味わえる至高の内容だ。そんな極上体験を味わってしまった俺は、もう方針は『俺をたっぷり甘やかして癒すハーレム』でいいんじゃないかとみんなに伝えたのだが――、これに異を唱えたのがシャルだった。

曰く「ハーレムの求道者たる者、より素晴らしいハーレムがあるかもしれないのに、たったひとつの世界に囚われ歩みを止めるなんてあってはならないことだと思わないのかしら？」だそうだ。たしかにシャルの言うことにも一理あった。

ただなぁ……、そんな言葉に続いたひと言が、気になるんだよな。

「……ということで、今夜は私が提唱した〝お兄さまを尻に敷きたい逆ハーレム〟を、たっぷりと味あわせて差し上げます♪」

え？　何そのハーレム？　シャル、そんなこと言ってたか？　俺の記憶が確かなら「俺がみんなをグイグイと引っ張っていく、かっこいい系のハーレム」だったような……？

そんなこんなで、俺はいま悶々としながらもシャルがやって来るのを待っている。

コンコン――。

おお、来た！

「はいー、どうぞー」

ノックの主は当然シャルだ。しかしその後ろにはシャルと同じくパジャマ姿の女性がもうひとり控えていた。

「……え？　姉さん？　どうしたの、いったい」

「その、シャルローネ嬢に誘われて……」

シャルは予想していたが、まさか姉さんまで来るとは予想外だった……。シャルはいったい何をしようとしているのか？

「お兄様♪　先日はソフィーヤとキキのふたりを同時に抱いたのよね♪　ということで、今日は私とマルー宰相を同時に愛してもらうわ」

「ふたりを同時に愛することは決定事項なんだ……」

どうやら俺に拒否権はないらしい。

「ということでお兄様♪　まずは裸になって仰向けで寝てくださる？」

「ああ……って、え？　しゃ、シャル⁉」

言われたとおりに服を脱ぎベッドに仰向けで寝ると、パジャマを脱ぎ捨て一糸纏《まと》わぬ姿になったシャルが、両股を広げて俺の顔の上に跨ってきた！

「んっ……ぷはっ……！　これは……っ‼」

「光から聞いたけど顔面騎乗位と言うらしいわ♪　あ、マルー宰相はそっちのオチンチンの上に跨ってね。ただし、挿入しちゃだめよ？　股間を擦りつけるだけ」

「ええ……、分かりましたが……」

シャルに指示された姉さんは、やはり裸になり恐る恐るといった具合で俺の股間をはさむように跨ってきて……。姉さんの体重と温もりを感じて、すでに気持ちいい。

「マルー宰相。それが騎乗位スマタっていうそうよ。ねえ、そうでしょ？　お兄様？」

　顔面騎乗位とか騎乗位スマタとか光のやつ、何を吹き込んでくれちゃってるの！　女子同士の会話……怖ぇぇ!!

「んふっ♪　どうかしら、私たちの尻に敷かれる逆ハーレムの感想は？」

　シャルは挑発的な小悪魔スマイルを浮かべて俺の顔面に股間を擦り付けてくる。一方の姉さんも勝手が分かってきたのか、挿入するかしないかのギリギリのところで俺

のペニスを股でこすり付け、腰を前後に動かし始めていて……。

「むぐぅぅっ……!?」

「あんっ、お兄様……、やっぱりしゃべっちゃダメ。ひゃっ、あっ、あまり口をむぐむぐさせないで……吐息が当たって……ひぅんっ、感じちゃう、からぁ！」

俺の顔に跨がりながらシャルは色っぽく声を漏らした。鼻に触れそうな位置に、可愛らしい割れ目が突き出されている。甘く、匂い立つような女の香りに、一瞬の息苦しさと強い興奮が襲いかかって来た。

「あぁ……陛下のオチンチン、こんなに大きくなってます……、とてもたくましくて、んっ、はぁ……触れ合うだけで感じてしまいます……」

姉さんは姉さんで勃起したペニスにクリトリスを擦りつけ頬を上気させていた。目の前にはシャルの濡れた性器、下半身には姉さんの重さを……。このコンボ……やべぇ！

「む……ぐ、ぷはっ、おまえら、いったい何をして……くぅぅっ」

「んっ、あっ……何って、たっぷり味あわせてあげるって言ったじゃない……？　んっ、あんっ、だから、今日はお兄様の新しい扉……、開けてあげる……♪」

すでにかなり興奮しているのだろう。こうしている間にも、シャルの割れ目から愛液がにじみ出していた。

「ひゃっ、あっ……んっ、ま、まだ大きくなるのですね、陛下……、私のオマンコに擦れて、感じますか……？」

下半身のほうからクチュクチュといった音が聞こえ始めている。姉さんもスマタで感じているんだ……。

「う……ぉっ、こ、この感触、は……っ」

姉さんが、俺の上で腰をくねらせた。こちらもすでに股間は濡れ濡れで、ペニスに擦れてエロい音を立てている。

「んっ、んっ……はぁ、あんっ……んっ、んっ、んっ……」

軽く腰を持ち上げ、左右に振り、ペニスへと何度も擦りつける。姉さんの割れ目の感触がはっきりと伝わってきて堪らなく気持ちいい。

「ふふっ、お兄様ったら興奮しているのね？　あんっ、んっ……はぁ、はぁ、マルー宰相のお股からはみ出ちゃうくらいギンギンにしちゃって♪」

「んはっ……んっ、んんんっ――！　しゃ、シャルローネ嬢……申しわけありません。陛下のここ……、とても素敵で、もう我慢できません……っ！　お先にいただきます……」

そういって姉さんは腰を浮かしてから俺のチンポを右手で握ると、その先端を自らの窒壺へと導いていった。やがてペニスの先端から徐々に根元のほうまで、ゆっくりと湿った温もりに包まれていく――。

「あっ、マルー宰相、ずるいっ！」

「んっ、んっ……ふぁ、あ、あっ……！　んんんっっっ……入って……きたぁ！！」

「うぁっ……、姉さん！　や、ヤバい、それは……くぅぅぅぅっ……！」

温かく湿った感触。そして突然の強い締め付けに、思わずうめき声をあげてしまう。
「んぅっっ、ふぁ、あっ、すごい、です……陛下の大きい……っ！　はぁっ、はぁっ、私の子宮まで、先っぽが届いて……コツン、コツンってしてます……」

色っぽく息を吐き、姉さんはゆっくりと腰をくねらせた。俺の上で踊るような動き。ペニスはそのたびにぎゅうぎゅうと締め付けられる。

「あんっ、んっ……んっ、あっ、あっ……いかがですか、陛下……？　私の膣コキは……ひぅんっ、お気に召されたでしょうか……？　いっぱい……あんっ、はぁ、はぁ、ドピュって子種を出してもいいですからね……？」

聞いているだけでぞくりと背筋が震えそうなくらいエロい声色。

姉さんは言葉どおり俺をイかせようと跳ねるように腰を使いだす。

「んっ、んっ、あっ……あんっ、んっ……ふぁ、あっ、ひぅんっ……んっ、ぁ、あ……っ！　すごぉい……ひぅんっ、はぁっ、はぁっ、ずぅんずぅんって、オチンチンが奥に、こんにちはってぇ……してるぅ……っ」

姉さんが腰を動かすたびにベッドが軋んだ音を立てはじめた。

スプリングの反動がさらに姉さんの動きを加速させていく。

「くっ……うあっ、やばい……って！　それ、あ、あ、あっ……！」

「むぅ……お兄様、マルー宰相のことばかり気にしてずるいっ！　お兄様、私のオマンコも見て……？　私のオマンコも、お兄様のオチンチンが欲しいって言ってるの……んっ、ふぁ、あっ……！」

シャルが、俺の注意を引くように腰をくねらせた。

「んっ、んっ……はぁ、あんっ、んぅぅ……ふぁ、あっ、ん……ぁあっ……！　お兄様……

お兄様っ、私……ひゃっ、あっ、お兄様を想うだけで、こんなに濡れてしまうの……」

シャルの指が割れ目を広げ、膣口へと差し入れられた。顔面騎乗位をしながらの見せつけオナニーだ。目の前で指が出し入れされる様子は驚くほどにエロい。

「ふぁ、あっ……んっ、んっ……はぁ、はぁ、あぁ、お兄様が見てる……っ！　私の、オマンコの奥まで……んっ、あんっ、あっ、んくぅぅぅっ……！」

穴を弄りながら指先でクリトリスを弄び始めた。強い刺激がシャルの身体を駆け巡り、ビクンビクンッと腰がヒクつきはじめる。

「はぁっ、はぁっ、陛下……んぅっ、シャルローネ嬢のいやらしいところを見て、興奮されたのですか……？　私の中で……あっ、ますます張り詰めて……んぅっ、ダメです、私……ふぁ、あっ、すぐにイってしまいます……っ」

「おに……んぁ!!　お、お兄様ったら、私を見て興奮してくれたのね……？　なら、もっと……んぅっ、私の、えっちなところ、んんっ、見て……？」

「くっ……ちょ、ふ、ふたりとも……うぁあぁっ……！」

目の前から滴ってくる愛液の量が、一気に増してきた。それに、ペニスを包み込む姉さんの膣内も、ますます絡みついてくる。

「はぁ、はぁ、お兄様に見られながらのオナニー……気持ち、いい……んぁあぁっ……！」

姉さんが俺の上で跳ねるたびに、キツキツの膣内でペニスが激しくしごかれた。しかも奥を突き上げるタイミングを見計らい、ぎゅっ、ぎゅっと強く締め付けてくる。

「やんっ、んっ……あっ、あっ、陛下ぁ……オチンチン、気持ちいい、です……っ、はぁっ、はぁっ、陛下……ふぁ、あっ、んぅぅっ……ふぁっ、あっ……んぁあっ……！」

姉さんの動きも止まらない。キツキツの膣内はペニスをしっかりと咥え込み、射精を強く促してくる。

「んっ、んっ、んっ……ふぁ、あっ、はぁ、はぁ……お兄様のオチンチン、マルー宰相の中を何度も出入りして……ひぅんっ！　わ、私も……あんっ、あっ、あっ、お兄様の太くて固いの、欲しいのぉ……！」

目の前でペニスに貫かれる姉さんを見て、指の動きが加速していた。二本の指を俺のペニスに見立て、激しく自分の膣内をかき回す。

「んっ、あっ、あっ、や……指じゃ、足りない……お兄様ぁ、お兄様ぁ……っ」

「くっ……う、シャル……っ」

次から次へと愛液がかき出され、俺の顔へと飛び散ってくる。濃厚に感じられる雌の匂いに頭がくらくらしてきた。

ぞくりと、背筋を震わせるような快感が一気に全身を駆け巡っていく。

「んぁあああぁっ……！　陛下のが、中で膨らんで、ビクンって……あっ、あっ、あっ！　だ、ダメですっ、もぉ……イクぅっ、イク……っ……イクぅぅぅぅぅぅぅっ……!!」

絶頂の声をあげながら、姉さんは全身を震わせた。愛液の量が増し、ペニスを包み込む膣内の感触が変化してくる。

「う、ぅっ……出る、出るっ!!」

うねるように震え、ヒダヒダがペニスに絡み付く。そのとろけるような快感と強烈な締め付けに耐え切れず、俺のペニスは姉さんの膣内で爆発した。

「んぅぅぅっ――――!!!　ふぁ、あぁっ、あぁ……んっ、陛下ぁ……はぁっ、はぁっ、はぁっ……陛下の、大事なお世継ぎ種が……んっ、私の子宮にピュッピュッって……っ」

姉さんの奥深くまで咥えられたまま、止めどない精液を中へと注ぎ込んでいく。

「すごい……お兄様の赤ちゃん汁、あふれてきてる……」

「はぁ、はぁ……、ステキです、陛下……こんなにいっぱいだなんて……んぅっ、あんっ、私の中で、オチンチンが暴れて……ふぁ、あっ、まだ、すごく固いです……」

最後に姉さんが腰をくねらすと、その動きに合わせてぎゅっ、ぎゅっと、ペニスが強く締めつけられた。最後の一滴まで精液を搾り取ろうとしているのだろう。

「姉さん、もう……っ」

「はい、陛下……んっ、ちゃんと分かってます……次は、シャルローネ嬢の中に出したいのですよね……？」

妖艶な笑みを浮かべ、姉さんはそっと自分の下腹部に手を添えた。まだ胎内に収まったままのペニスは、萎える気配がない。

「お兄様のオチンチン……」

ゴクリと、シャルが息を飲んだのが伝わってきた。それを見て姉さんはくすりと笑みを漏らし、ゆっくりと腰を持ち上げ、その場所をシャルと交代する。

結果シャルは姉さんに後ろから抱きかかえられるような格好で、俺とは対面騎乗位となり挿入を待つかたちになっていた。

「尻に敷かれるのも悪くなかったけど、おねだりされたら応えずにはいられないからな」

「そ、そう……。でもどうしてマルー宰相が後ろから抱きかかえているの？」

「ふふっ……♪　シャルローネ嬢にも気持ち良くなっていただきたいからですよ」

「だから……、自分で入れられるから……って、んんっ！！！？？？」

「ダメです。シャルローネ嬢は私と陛下のふたりで気持ち良くさせるのですから♪」

そう宣言した姉さんが、シャルのオマンコを俺のペニスにあてがい、ゆっくりと挿入へと誘っていく。自らのタイミングではなく、他人の意思によってオマンコにペニスを強制挿入されたシャルは、戸惑いながらも声をあげ始めていた。

「だから自分のタイミングで……ん、ぁああぁ！！！　急に、入って……！！！　んぅぅうっ、あっ、お兄様ぁ……あっ、大っきい……あ、あ、あ、あっ……！　赤ちゃんのお部屋まで、届いて……んっ、ふぁ、あ、あああっ……！」

すでにオナニーでびしょ濡れだったからだろう。シャルの膣内へ、ペニスは何の抵抗もなく飲み込まれた。すぐにヌルヌルで温かな感触に包まれ、ぎゅうぅぅと締めつけられる。

「ふふっ、見てください……シャルローネ嬢。オマンコが陛下オチンチンをぱっくりと咥え込んでしまいましたね？　こんなに大きいのに、根元までズッポリと」

「……っ、や、あっ、そんなこと言わないで……んっ、ふぁ、あっ！　や、やだ、恥ずかしい……。お、お兄様も、そんなに……んぅっ、ジッと見ないでぇ……っ」

姉さんに羞恥心《しゅうちしん》を煽られたシャルの頬が急激に赤く染まっていく。恥じらいのためか膣内は小刻みに震え、何度も何度もペニスを締めつけてはこれでもかとしごき続けてくる。

「シャルローネ嬢。恥ずかしがっているわりには、オマンコはギュッギュとおねだりしているように動いていますが？」

「はぁっ、はぁっ、んぅぅ……ふぁ、あっ、や……ぁっ、だ、だめぇ……っ！　言わないでぇ……さ、さっきまで以上に……ひぁ、あっ、お兄様を、強く感じて……あっ、あんっ、あっ、あっ、それに、マルー宰相が……揺するから……、んああああっ……！」

「おや……、私はほとんど力を込めておりませんよ？　動いているのはシャルローネ嬢の腰のほうかと思いますが？」

その瞬間シャルが小さく腰がくねらせた。自分の意思に反して腰が動くことに、ますます恥じらいが強くなっているらしい。しかも、姉さんはその動きを助けるように、シャルを抱えて身体を揺すっていく。

「やっ、あっ……嘘、腰が勝手に……あんっ、んっ、ふぁ、あっ、あっ、あ、あ、あっ……！　だめ、だめぇ……マルー宰相も、もう揺すらない、で……んぁあぁぁっ……！」

気が付くとシャルの腰が大きく円を描くような動きに変わっていた。愛液が量を増し、エロい水音が大きく響き始める。その音でますますシャルは恥じらい、悶えていた。

「シャルローネ嬢、陛下のオチンチンはいかがですか？　この太くて、固くて、逞しいのを、はやくここに挿れて欲しかったのでしょう？」

シャルを煽るため、耳元に口を寄せ、息を吹きかけるように囁《ささや》く。シャルもそれに反応し、ますます強くペニスを締め付けてくる。

「ひゃっ、あっ……んっ、そ、そんなこと、ない……んっ、ふぁ、あっ！」

「でも、陛下のが奥にグリグリ擦れて、気持ちいいのでしょう……？」

「そ、そんな……ふぁ、あっ、はぁっ、はぁっ、そんなこと、は……っ」

「素直になってもいいんです。ほら、陛下にもっとオマンコを気持ち良くしてってお願いしましょう……？」

「はぁっ、はぁっ、お兄、様ぁ……」

顔を真っ赤にしたシャルが、潤んだ瞳で俺を見つめてきた。言いづらそうに口元を震わせ、耐えられないと言わんばかりに口を開く。

「お兄様のオチンチン、気持ちいい……のぉっ……。もっと……もっとぉ、お兄様、してっ、奥をズンズンしてぇっ……！」

姉さんに言わされたようなものだが、その言葉に俺は言い知れない興奮を覚えていた。

「ふふっ……よく言えました。じゃあ、私も手伝ってあげます。陛下も、遠慮なく奥を突いてあげてくださいね……？」

「分かった。シャル、覚悟しておけよ？」

「か、覚悟って……ん、んぁぁぁぁ、激しいの……きたのぉぉぉぉ――――――！！！！」

シャルの奥深くに埋まっているペニスが、ますます固く、大きく膨らんでいく。俺も下からめちゃくちゃに腰を突き上げて、

「あっ……や、宰相……揺すっちゃ、ふぁ、あ、あっ、やっ……あっ……！　お兄様も、だめっ、そんな……ふぁ、あ、あっ……んぁあぁあぁぁぁぁあぁっ!!」

姉さんがシャルの身体を激しく揺すり始めた。その動きに合わせるようにして俺も腰を突き上げると、そのたびに肌と肌のぶつかる音がシャルの耳を犯していく。

「んぅっ、あっ、あっ、あっ、やっ、えっちな……音っ！　あっ、あっ、あっ……！　お兄様っ、ふぁ、あっ、すごい……んぁあっ、あんっ、激しいのっ、あ、あ、あっ！」

ぐちゅぐちゅに濡れそぼった膣内は、次から次へと新しい愛液をあふれ出させていた。シャルも自分の気持ちを口にしたからか、素直にエロい表情を浮かべて喘いでいる。

「ふぁ、あ、あっ、奥……擦れて、あっ、あっ、赤ちゃんのお部屋、壊れちゃう……だめっ、そんなに……ふぁ、あ、あっ！　やぁんっ、あっ、あっ、あっ、お兄様ぁ……壊れちゃう、からぁぁぁ！！！　そんなに……んぁっ、あっ、奥ばっかり、だめぇぇえっ！」

「ふふっ、喘いじゃって可愛い♪　もうイキそうなんですよね？　だってほら、さっきからエッチなところがヒクヒクしているもの♪」

「ひぅっ、や、あっ、マルー宰相、やっ、そこ弄っちゃ……ふぁ、あ、あ、あっ！」

俺の限界が近いと察した姉さんは、タイミングを調整すべくシャルのクリトリスを指で

弄り始めた。それだけでシャルの膣内は熱くなり、ヒダがペニスに絡みついてくる。

「やぁんっ、あっ、あっ、お兄様ぁ……！　わ、私、もぉっ、ふぁ、あ、あっ！　イクぅっ、イッちゃうっ、イクぅぅぅっ！」

姉さんの力も加わってペニスは普段以上に深くまで突き刺さる。俺も、シャルも、限界がくるのはあっという間だった。

「くっ……はぁっ、はぁっ、シャル……そろそろ出すぞ……！」

「出してぇっ、お兄様のオチンチンミルク、いっぱい欲しいのっ！　ふぁ、あ、あっ、んっ、あっ、あっ、あっ、私、も……もぉぉぉっ……、イクッ……からぁぁぁ！！！」

マグマのように熱い感覚がせり上がる。先程は姉さんに出したばかりなのに、少しも我慢がきかない。

「あっ、あっ、あっ……、きて……お兄様……、お兄様……、おにい……さ、んっ……、んんんぁあぁぁぁぁぁぁぁぁぁぁぁっ!!」

「イクっ……くっ、中に出すぞ……っ!!」

絶叫に合わせて小刻みに震えるシャルの膣内。その収縮を繰り返すシャルのいちばん深いところにペニスを全力で押しつけると、俺はありったけの精液を放出した。

「あぁぁぁぁ……………っ……。お兄、様ぁぁっ、熱いの……ふぁ、あっ、いっぱい出て……、やぁんっ、だめ……ぇっ、赤ちゃんの部屋に、どぴゅって……ふぁ、あっ……っ」

激しく心臓が脈打ち二度目とは思えない量の精液が撃ち出されていた。結合部から受け止めきれなかった分があふれてくる。

「あんっ、すごいです、陛下……。私の中にもあんなに注いでいただけたのに、シャルロ一ネ嬢にまでこんなに……」

「はぁっ、はぁっ、んっ……ふぁ、あ……わ、私……もぉ、らめぇぇ……」

まだ、射精は止まらない。シャルは胎内で精液を吐き出される感触に、息も絶え絶えに身悶えていた。

「はぁ、はぁ、陛下……私にも、もう一度子種をくださいませ……」

姉さんは恍惚とした様子で、俺の精液をおねだりしてくる。俺はシャルの膣内からペニスを引き抜くと、続けて姉さんにも精液をぶちまけた。

「きゃっ⁉　あんっ……陛下ぁ……。んっ、ふぁ、あっ、すごいです……こんなに出してるのに、まだこんなに濃くて……」

「はぁっ、はぁっ、お兄様の精液……んっ、ふぁ、あっ、あふれちゃう……っ」

一度目の射精と比べても、まだかなりの量が出ている。もしかするとこれが姉さんが言っていた血の濃い者同士が行なうセックスの効果なのかもしれない。

シャルは膣内を溢れさせながら、同時に下半身でも精液を浴びていた。姉さんも同じだ。顔や胸で思いっきり精液を受け止め、うっとりとした表情を浮かべている。

「はぁ、はぁ、はぁ……お兄様ぁ……んぅっ、すごかったぁ……、まだ……んぅぅっ、あ、あっ、気持ちいいの、続いて……んぅぅっ……！」

快感の残滓に、シャルの腰がぴくぴくと震えている。その動きに合わせて、膣内からぴゅっ、ぴゅっと精液が零れ出る。

「はぁ、はぁ……陛下、とても素敵でした……。私にもお情けをくださり、ありがとうございます……」

「あ、ああ……どういたしまして……」

不意打ちのようなシャルと姉さんの夜這い。シャルの言っていた濃密な「尻に敷かれるハーレム」に精液を搾り取られ、俺はふたりと一緒にグッタリと横たわるのだった。

みんなが俺をお世話してくれるご奉仕ハーレム

シャル&姉さんとの3Pの翌日、俺は再び玉座の間に五人を集めていた。

「シャルの言っていた〝尻に敷く(物理)ハーレム〟はすさまじい破壊力でございました。今後はぜひプレイの一環として取り入れていただきたく存じ上げます」

「はぁ？　なんなのよそれ。てか何故敬語？」

光が怪《け》訝《げん》そうな顔をしている。まぁ意味が分からないよな。

それにしても顔面騎乗位に騎乗位スマタ……。なかなか味わえるものではない。これからも知らない世界を味わえるのならハーレム生活も楽しみである。

「ということで昨日の夜に体験した、シャルの案も悪くないということが分かった」

「……ていうかあんた、ソフィーヤ&キキちゃんに続いてシャルローネ&マルーさんとも3Pしちゃったの？　予想以上の絶倫ね……。この絶倫王子、いや絶倫キング！」

「ははは、褒めるなよ光。ということで俺はさらなるハーレム道を究めるため、次はキキの言う〝みんなで俺をお世話するハーレム〟というのを体験しようと思っているっ！」

マンガだったらここで俺に集中線が集まるくらいの勢いでバシッと決めてやった。

「なに風俗のオプションみたいな感じで宣言してるのよ！」

「まあまあ。それでキキはどんなお世話をしてくれるんだ？」

〝メイド×お世話〟というだけで否が応にも期待が高まる。

「それがですね……。先日はご奉仕したいですといいましたが……、その……、いまはご主人様に遊んでもらいたいんです……」

「分かるっ！　キキの気持ち、分かる！　お兄様は優しくしてくれるけど、一緒に遊んでくれる時間は少ないものね。まあ妻が五人もいるから無理もないとは思うけど、もう少しひとりひとりの時間を大切にしたらって話よね？　その中でキキはお兄様と遊ぶ時間が欲しいと言っているのよね？」

「は、はい……申し訳ございません。子供みたいなお願いをしてしまって……」

申し訳ないものか！　そうだ、俺は自分が気持ち良くなることしか考えてなかった。それを気づかせてくれたキキをギュッと抱きしめて言う。

「いいよ!!　このご主人様！　そういうことなら毎日でも遊んであげるよォォォォ!!」

「きゃあああああああ！　ありがとうございます～!!」

よしよし、だいたいの希望は分かったぞ。

「なあ光。何か遊ぶものを出してくれ」

「あ？　私はどこかの猫型ロボットじゃないんだが？　まあとりあえずこれでいいかしら、私が作ったボードゲーム」

そう言うと巨大な木の板を持ってくる光。おお、人生ゲームじゃん！　光プレゼンツといういう部分は少し引っかかるが、できは悪くなさそうだ。

「とりあえずルールは覚えなくていいわ。プレイしながら私が教えるから」

さすがにルーレットは作れなかったようだが、代用として手作りのサイコロに薄い木の板に文字を書いたイベントカード。ご丁寧に疑似通貨まで用意してある。

「さあ始めましょう。カードは全部日本語だから、私はゲームマスターね」

こうして俺、キキ、シャル、ソフィーヤ、そして姉さんの五人による人生ゲームが始まったのだが……。


「ブブー、はい残念。シャルローネの実家は火事で全焼したわ。マイナス4000万レニィね」

「そんな、納得がいかないわ!! 私の家さっきも燃えたばかりじゃない!!」

「長い人生、どうにもならない不幸は重なるもんよ。あんたも少しは勉強になるでしょ」

「は、腹が立つ! 見てなさい? ここからエルスパの意地にかけて逆転してみせるわ!」

それは無理だと思うぞシャル。こいつがゲームマスターと言い出した時点で、おまえが勝つことは100%あり得ないと思う。

「さん、よん、ごっ……。あ、イベントマスに止まりました。光さん、私はどうすれば?」

「はいはい、ソフィーヤはそこにあるカードを一枚引いて～」

「はいっ!」

すごい、ソフィーヤもめっちゃ楽しそう。

「おめでとうソフィーヤ！　ステキなイベント発生よ！」

「は、はいっ、何でしょう⁉」

【近所のクソガキが花火をし、あなたの家が全焼】。マイナス4000万レニィね」

「あの⁉　私の家もさっき燃えたばかりなのですが‼」

このゲーム火事多過ぎィィ‼

「次は私ですね。いち、に……と。あの光さん？　この妙なマークのマスは何でしょう？」

「あ、マルーさんが止まったのは余興マスね。私のオーダーに合わせて、陛下であるあいつに一発お見舞いしてやって」

「光さんのオーダーですか？」

「そう、妹芸でコイツを一瞬でも照れさせれば10000レニィ獲得よ！」

「分かりました。それではシャルローネ嬢を参考にしてやってみましょう」

「あら、興味深いことを言うのねマルー宰相」

「では、いかせていただきます……」

ナイス光！　姉さんの甘える姿なんて滅多に見られないからな。ただ姉さんがいつになく目をキラキラうるうるさせながらこちらを見ているのだけは気になるけど……。

『お兄様……？　セックスしか能のない私を朝まで激しく抱いてちょうだい……』

うまっ！　声色なんてそのままシャルだったぞ！

「……ふふっ、殺すわマルー宰相。エルスパの駐屯兵をすべてここに派兵させてやるわ」

「あらいやですわ。単なるお戯れですよ、シャルローネ嬢」

や、やめろ！　単なるゲームきっかけで戦争を起こすな‼

「私もイベントマスに止まりました！」

「あら、おめでとうキキちゃん。キキちゃんのカードはねぇ……【せっかく就職が決まった会社が突如倒産。慌てて次を探すもネットの広告に騙されて、入社した会社が超絶ブラック】。残念ながら全財産を没収よ。かわいそうだけど家も銀行に差し押さえられたわ」

「助かりました。人生は命さえあればどうにでもなりますので」

キキの不幸の定義が未知数過ぎる！

「さてさて、それじゃあ私の番ね～♪」

「光、おまえもやるのかよ。ゲームマスターが参加するなんて、何でもありじゃねーか」

「平気平気。カードは事前に準備しておいたから。イベントマスに関しては私も完全にランダムよ」

そう言ってサイコロを振り、自らイベントマスに突入する光。

「イベントマスだわ。どれどれ……？」

光がカードを手に取り固まる。

「おい光、見せてみろよ。なになに……？　【体重などの恥ずかしい秘密を陛下に暴露。拒否権はなし】と書いてあるな」

「最悪……体重だけはあんたに知られたくなかったのに」

いやまて……。体重ごときで俺が満足するはずもない。ここはもっと恥ずかしいことを暴露してもらおう。

「おい光、ルール変更だ。いまから俺の恥ずかしい質問に正面から答えてもらう」

「はぁ⁉　な、何それ‼」

「みんなそれでいいよな？　反対の人いる？」

俺はみんなの同意を得ようと周囲を見渡す。

「異議なし！　とびきり恥ずかしい質問をお願いね♪　お兄様」

「ご、ご主人様の決定は絶対です！」

「そ、そんなぁ……」

「じゃあ答えてもらおう！　俺をおかずにオナニーした回数は？」

「は？　そんなの楽勝じゃん。通算３２５回よ」

「数えてたの⁉」

と言いつつ、俺が光をおかずにオナニーをした回数は68回。当然数えていた。

「凄過ぎます‼　照れるどころか、むしろ私には誇っているようにも見えます‼」

「光さんは、変態を通り越してまるで英雄ですね……」

「あんたたちとはねぇ、年季が違うのよ年季が。体育祭で見えたあいつの腹筋チラリズム。プールの授業後なんかもいいわね。横着して髪は乾かさないもんだから。授業中頭だけ濡れているのが妙にエロくてね～」

「おまえすげぇな」

それを堂々と言える精神に感動を覚える。ソフィーヤとかシャルだったら、このお題だけは全力で拒否ってたと思う。

「しかし陛下、こういった質問はどうかと思います。女性がすべて光さんのように羞恥心《しゅうちしん》が壊れているわけでもありませんので」

「どういうことだコラァ!! 私には羞恥心がないって言いたいのかコラァァ!!」

「いえ、あるにはありますが、壊れていると申し上げているのです」

「それ、分かる……。同じ女としてあそこまで落ちたら終わりだもの。いいわね、キキ? あなたもちゃんと気をつけるのよ?」

「はいっ、まだ片手で数えられるほどしか陛下でオナニーしてませんので大丈夫です!」

「き、キキ……!?」

キキはスポンジのように何でも吸収するタイプだ。光や俺のお下品な下ネタに、これ以上毒されていくのはさすがにに忍びない。

「ムカついたから、もっとヤバいイベントカードいまから作るわ。おまえら全員覚悟しろよ」

以降もワイワイいいながら、何だかんだで光お手製のボードゲームで楽しそうな笑顔を見せてくれる嫁ファイブ。とくに俺と遊んで欲しいと言っていたキキがよろこんでくれているようなので、今回の試みは成功といっていいだろう。

こうして賑やかな雰囲気で進んでいったボードゲーム大会はキキの勝利で幕を降ろした

のだが、その優勝賞品は『本日の夜伽の権利』で――。

「ご主人様、今日は遊んでくれてありがとうございます♪　ですので……、夜は……その、たっぷりとご奉仕させていただきますね♪」

キキは俺の耳元でそう囁《ささや》いた。

＊　＊　＊

「ふふ♪　お兄様ったら、ちょっと舐めただけでこんなに大きくして……♪」

キキとシャルのふたりは俺のペニスから口を離すと、その先端から根元まで熱い視線を注ぐ。本来ならキキひとりだけの予定だったのだが、キキたってのお願いということで、今晩はシャルにも夜伽の相手をしてもらうことになった。

そして俺はいま、裸のキキとシャルに挟まれてチンポを弄られている……。

「とってもご立派で……きゃっ、ご主人様のが、もっと反り返って……」

「唾液を滴らせながら熱烈に見つめられたら、男はみんなこうなるものなんだ」

「それでしたら、もっといやらしい形にしてさしあげますわ♪」

俺の感想がうれしかったのか、シャルはペニスの根元に添えていた手を上下に動かし始めた。ふたりの唾液が潤滑油になって、シャルの手が艶めかしく俺のペニスに這う。

「あ……そこ、ゆっくりされると……」

「キキはお兄様のいちばん敏感なところを弄ってあげて……」

「は、はい……こうでしょうか？」

キキの手は自然と亀頭を包み込んでいて、その人差し指が湿っている鈴口をニュルニュルと刺激する。シャルとキキのふたりの手が、俺のペニスを蹂躙《じゅうりん》していく。

「ああ、気持ちいいよキキ……」

「うれしいです……ふあっ、血管がピクピクして……」

「それに雄々しい匂いもしてきて……。これでは花の蜜に誘われる蝶になってしまいますわ。んっ……ペロ……、れるっ、れるれるっ……」

「私も……、おちんちん……舐めちゃいますね♪　ぺろっ、れろっ……ぴちゃっ……」

手だけではなく、ふたりはペニスに顔を近づけてはその肉棒をペロペロと舐め出した。

この舌と指のコンビネーションにより、ペニスはあっさりと欲望の塊になってしまった。

「そろそろ……、どちらかの口でしゃぶってもらってもいい？」

「はい。私はシャルちゃんのあとで」

「え？　でも、今日はキキに優先権が……」

「いいんです。シャルちゃんが先にご挨拶したそうだったので。いいですか、ご主人様？」

「キキがいいなら問題ない。シャル、咥えてくれるか？」

「ええ。キキが思わず横取りしたくなってしまうぐらい、美味しくいただきますわ♪」

そう言うや否や、シャルはその小さな口を大きく開けて俺のモノを奥深くまでむしゃぶるように咥え込んできた。

「お兄様の、とっても熱い……ちゅっ、ちゅむ……じゅむむぅ……んんっ、ちゅむっ、ンッ、じゅ、じゅるっ……じるじるっ、んれるっ……！」

我慢汁と唾液まみれのペニスは、シャルの熱い口の中でトロけてしまいそうだ。

「あぁっ、シャルの口の中、すごく熱いな……」

「んふっ、もっと熱くさせてあげますわ。はむ、んじゅっ、ちゅぷっ、ちゅぷぷっ……！」

一方でシャルに先を譲ったキキではあったが、シャルの愛撫を見て昂ぶってきたのか、堪らなさそうに腰をもじもじと動かしはじめていた。

するとシャルもそんなキキの様子に気が付いたようで――。

「んはぁ……うふふ、お兄様を独り占めするつもりはないわ。ほらキキ、あーん」

「え、でも……」

「キキ、私たちお友達でしょ？　こういうときは仲良く半分こ、するものなのよ」

「シャルちゃんがそう言うなら……あ、あーん……はむっ、じゅぷっ、ンッ、んふぅ……！」

シャルから受け取った俺のペニスを、キキはすぐさま口の中に迎え入れた。

「うおおっ、キキ……唾液溜めててくれたのか？」

「ふぁい……んんっ、じゅるっ、よろんで、んん、いたらけると、思いまひへ、じゅるるっ、じゅっ、じゅぷぷっ……！」

「まあ、キキったら大胆ね♪　お兄様のお味はいかが？」

「ご主人ひゃまと、んじゅっ、シャルひゃんの甘い味、んれむっ、おいひい……♪」

「わ、私もキキを味わってもいい？　あーん」

「う、うん。シャルちゃんも、あーん」

今度はキキが口を離してシャルに俺のペニスを明け渡す。

「ぱくっ、んん、じゅっぷ、……んふふ、おいひいわ、じゅるっ、じゅず、んれむっ……！」

いい……ふたりの女の子にペニスをあーんされるプレイ、非常に捗る！

「うっ、そろそろっ……出そうだ……。最後に手でシゴいてくれ……」

「ぷはっ……うふふ、キキと私の唾液がたっぷりのお兄様を導いてさしあげますわ♪」

「ご主人様、しこしこだけじゃなくて、ぺろぺろもしていいですか？」

「ああ、最後に手と舌で……！」

「私に、れるれるっ、お兄様のシャルをべとべとに、んんっ、汚してくださいぃっ♪」

「ぴちゃっ、ぺちゃっ、ご主人様、んんっ、れるれるれるっ、ご主人様ぁ♪」

「ああっ……出るっ……！　う……っ！　あぁぁぁぁ…………………！！！」

「きゃっ♪」

「ご主人様……、たくさん出ましたね♪」

キキとシャルの手コキ＆ペロペロの前にあっさりと昇天してしまう俺。たっぷりと放出されたザーメンがふたりの顔を汚していく。

「あぁっ、手からお兄様のビクビクが伝わってきますわぁ♪」

「んん、まだ出ますよね？　こっちにもたくさんかけてください、ご主人様ぁ……♪」

シャルの手がひと動きするたび、そしてキキの下が俺の竿をひと撫でするたびに、俺

のペニスからは止めどない精液が飛び出してくる。

しかしこれで終わりだなんて三人とも思ってはいない。

「はぁ、はぁ……、次は俺がふたりを気持ち良くする番だな……。何か希望はあるか？」

「では、私は後ろからお兄様をお迎えしたいわ。まずは浅く、ゆっくりと刺激してもらって、最後は奥を激しくしてほしいです♪」

シャルよ、おまえは相変わらず何てエッチなんだ……！

「き、キキは？」

「私は……シャルちゃんに激しくした勢いで……前からいっぱい突いてほしい、です……」

普段は控え目なキキが熱に浮かされて素直になっている……！

「よし分かった。じゃあ、まずはシャルからだな」

シャルの腰を両手で掴み、四つんばいの格好をさせると俺は射精後も猛りを保ち続けているペニスでシャルのあそこをゆっくりとなで上げる。フェラで興奮していたのか、シャルのあそこはすでにびしょびしょに濡れていた。

「シャル、入れるぞ？」

「はい、お兄様……っ！　んっ、あぁあぁぁ！！！　お兄様が、私の中にぃ……♪」

まだ亀頭しか挿入していないのに、シャルは小さなお尻をビクビクっと震わせる。

「まずは浅くだったな？　このまま動かすぞ」

「んんあぁっ……お兄様をゆっくり味わえるなんて、贅沢で、んんぁぁぁっ……！」

「シャルちゃんの身体、すごく熱くなってる……。そんなに気持ちいいの？」

「ええ、もう……ああんっ、お兄様の形がはっきり分かって……頭の中までお兄様でいっぱいに、……んんっ!!　なって……、ふ、ぁ……あぁぁぁっ♪」

　ただでさえ小さくて狭いシャルの中が、亀頭を入れただけで頭打ちかと錯覚するほど収縮している。てっきりシャルだけが気持ちいいのかと思いきや、濡れに濡れた膣壁がいちいち裏筋を刺激してきて俺も気持ちいい。

「んあぁ、焦らされ……て、もう……奥が熱く……んんっ、痛いぐらいですわ……」

「だ、大丈夫か？」

「お兄様にも覚えがあるのではありませんか？　痛いほどに熱く、勃起するときが……」

　フル勃起したペニスにさらに力を入れたときの爆発しそうな快感を思い出し、思わずうなずいてしまう。そんなときに思い切りセックスをしたらどうなるか、想像しただけでよだれが止まらない。

「さあ、お兄様……？　最後は奥を激しく……お約束のとおりに、お願い……ね？」

「ああ、いくぞ、シャルっ！」

　ほとんど叫ぶように答えると、俺はシャルの小ぶりなお尻に全体重をかけて、思い切り腰を押し付けていく！

「あっ、あぁっ……！　はあああぁぁぁっ、お兄様ぁぁぁっ……！」

　そのまま割り入るようにペニスを押し込み、ついには熱くコリっとした――真っ赤に腫れあがっているであろう子宮口に、亀頭を押し付けた。

「んあぁあっ♪　お兄様、そこっ！　そこぉ！　もっと、激しくぅ……くだ、さいぃ♪」

瞬間、シャルの身体がよじれ、膣内が総毛立つような感触がペニスに伝わってきた。俺も快感に流されるようにペニスを引き抜き、その勢いのままシャルの奥を亀頭で突く。

「んあっ、ああ、あ、あ、あ、すごっ、お兄様、すごいですわぁっ♪」

「シャルちゃん、笑ってるの？」

「口が勝手に、ふあぁんっ、にやけて……、しまうのぉぉ！　あ、あっ、あぁぁぁぁ！！！！　こ、こんな顔、お母様には絶対見せられないわっ♪」

「シャルっ、痛くないか⁉」

後背位は奥に入り過ぎることを思い出し、しかし腰は止められないままに尋ねる。

「あ、あ、あ、あ、あ、痛くないですわ……んんんっ！！！　この快感をキキにお裾分け、ふあっ、したいぐらい……♪」

「そ、そんなに……なの……？」

あまりにも乱れるシャルを挟んで、期待たっぷりの生唾を呑み込んだキキと目が合う。その瞬間、ゾッとするような射精感が込み上げた。

「はぁっ、はぁっ、シャルっもう出そうだ……最後まで激しく突けばいいのか⁉」

「射精の寸前まで、あひっ、浅く、浅くで……、最後の最後で……、押し付けるように……んんんっ！　お、奥に……、ください！　お兄様と一緒に……、イきたいのぉ♪」

「ああ、了解だ。一緒にイクぞっ――――！」

　そう宣言しては腰振りを小刻みに変え、重点的にシャルの入り口をシゴき立てる。

「あっ、あっ、あっ、それ好きぃいぃい！！！　お兄様に入り口たくさん……、擦られてっ！　ふああっ、い、イきっ、イきそうっ……あ、あっ、あぁ、イってしまいますぅ♪」

「俺もっ、くぁっ、最後は奥に、だったな？　出すぞぉ！　んんっ……受け取れっ！」

「んああぁ奥っ、おきゅぅう♪　は、は、は、お兄様と一緒、お兄様と一緒ぉおっ♪　はぁぁぁあぁぁぁぁぁ――、奥に……きたっ！　イク、ぃっく、イクぅううぅ！！！！！」

「んっ……はぁ――――！！！！」

　シャルがこちらに向けていた尻がビクビクと波打っている。俺が射精をした瞬間、子宮口のさらに奥――そのふやけきった部屋に

精液を流し込む音が聞こえてくるようだった。

「はぁ、はぁ……お兄様、すごかった……ですわ……。だから、次はキキを……キキに、お裾分けをぉ……、あげて……はぁ……はぁ……♪」

イッたばかりで息も絶え絶えなシャルは健気にもお願いしてくる。

「もちろんそのつもりだ。キキも激しく突いてもらいたい、んだよな？」

「は、はい。シャルちゃんみたいに、私もめちゃくちゃにしてください！」

「分かった。シャル、抜くぞ……っ」

「は、はい……、んぁ、ぁ、あぁぁぁんっ♪　はぁ、はぁ……、キキ、安心してね……お兄様、まだとっても元気よ……♪」

「う、うんっ……！」

恥ずかしさと蘇る快感が混ざるような声に興奮し、正常位で待ち受けているキキの密壺に亀頭をあてがう。俺とシャルの痴態を間近で見て、受け入れ態勢も整っていたようで、俺が腰を突き出さずともまるで生き物が餌を飲み込むように、俺のペニスはあっさりとキキの膣内へと飲み込まれていった……。

「ああ、ご主人様が入って、くる……。あ、あ、ふあぁぁぁあっ……！」

「痛くないか、キキ？　いまさらだけど、弄ってからのほうが良かった？」

「い、痛くないです……。その、シャルちゃんとご主人様がしているとき、ずっと、想像して……、いたので……」

なるほど。たしかに俺が四つんばいのシャルを後ろから激しく犯していたとき、キキは傍らで手を股間に当てモゾモゾと動いていた……。つまりそういうことらしい。

「さっきから私、もどかしくて……ご、ごめんなさい」

「どうしてキキが謝るんだ？」

「いやらしい子、で……ごめんな……さ……っぁぁぁ！！！　待って……、ふぁぁっ⁉　ご主人様が、中で大きく……、なってます……！」

「ふたりともどうしてこんなにエッチで可愛いんだ！　キキ、最初から激しくするぞ！」

もしも俺の頭にネジがハマっていたとしたら、それは間違いなくいまぶっとんだ。いや、もしかしたらシャルのときにはもう飛んでいたのかもしれない。キキは汗を撒き散らして激しく身悶えはじめた。

「んあああっ、ご主人様、はっ、はいっ……！　ご主人様に激しくしてもらうの、んはぁっ、うれしい、ですぅ……♪　す、好きぃぃぃぃ！！！」

「キキのほしかったもの、全部あげるからな！」

「はいぃっ♪　あぁんっ、ご主人様の、ふあっ、あ、あ、全部、全部、全部くださいぃいっ♪」

「キキのこんなエッチな声聞かされたら、私もまたほしくなっちゃうわ……」

「だめぇ、シャルちゃんの次は私だからぁ♪　かわりばんこなのぉ……♪　いまはキキがご主人様オチンポで、ジュポジュポって、される番……なの……、んぁぁっ！！！！！」

普段は聞けないキキの甘ったるしい声に、早くも亀頭が熱を帯びる。シャルとのセック

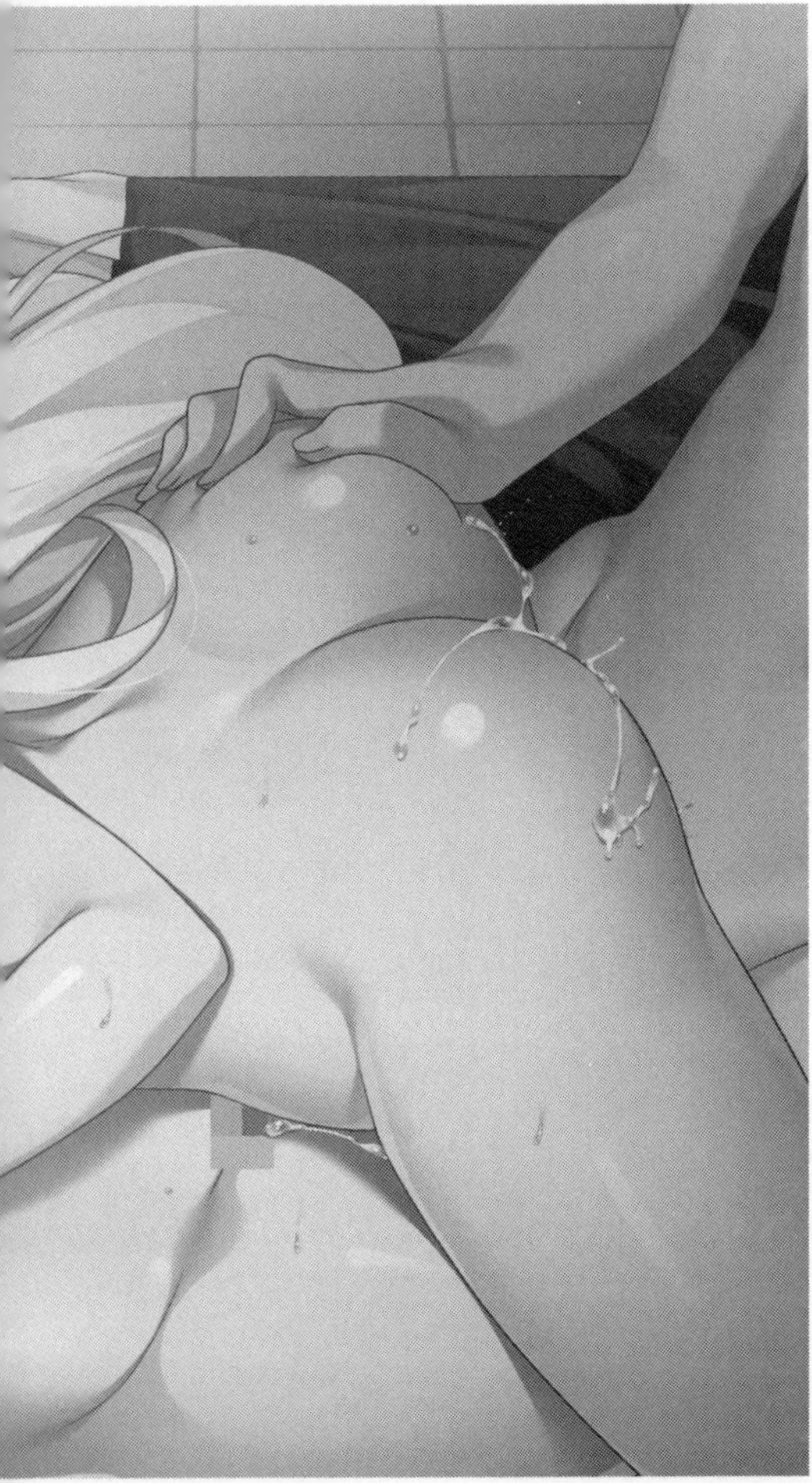

スで達したばかりだというのに、あっさりと射精感が高まってくる。
「キキごめん。身体がバカになっちゃって、もう持ちそうもない」
「いいえっ、私も、もう頭真っ白に、なって、はあんっ……♪　だから、早く……早く出

して……、頭だけじゃなくて全部真っ白にしてくださいぃ♪　ご主人様が気持ちいいところに、私も連れていっ、んああっ、あ、あ、あ、い、一緒に、一緒にイきますぅうう♪」

「ああ、もう……出すぞ」

「はあ、はぁ……、はい……、くださいっ！　ご主人様の濃い精液……、私の中にたっぷりと注いでください…………っ！！！」

「キキぃいっ……！　い、いくぞ……！　ん――ッ　はぁぁ！！！！」

「んんっ……、はぁぁぁあああぁぁぁ！！！！　イク、イキます……いっちゃう……、いっっくうぅぅぅぅ！！！！！！　頭、真っ白に……、んっ……♪　ふぁ、ん、ぁぁぁぁあああっ！！！　私もう……死んじゃってても構わないですぅぅぅぅぅぅぅぅっ♪」

　これまでにないくらい大きな嬌声を響かせながらキキは健気に俺の精液を受け入れると、そのまま全身をベッドに沈ませていった。身体は汗でしっとりと濡れている。傍らではシャルが物欲しげな目で俺たちのことを眺めていた。

「ふたりとも最高だったよ。頭のネジが二本飛ぶぐらい気持ち良かった」

「そのネジというのは知りませんけど、私はきっと二本どころでは済まなかったわ……」

「私も……はぁ……はぁ……、全部飛んじゃったかもしれません」

　普通ならこんな話は首を傾げられるか、それこそ頭のおかしいやつだと思われるんだろうけど……。いまなら、どんな会話でもふたりに通じるような気がした。

　やっぱり３Ｐは偉大だ！

俺のやりたいようにやる俺様ハーレム

俺が癒されるハーレム、尻に敷かれるハーレム、みんな仲良しなハーレムと順番に体験してみたが、いずれも悪くない。悪くはなかった。ただそのうちのどれかひとつを選ぶとなると、逆にどれも良過ぎて迷ってしまうという新たな問題も発生していた。

「ということで姉さん……、どうしたらいいかな？」

みんなが寝静まったのを見計らって、俺は姉さんを伴って夜の酒場へとやってきていた。それなりに混雑しているが王様と宰相様がいるにも関わらず、店内にはかしこまった空気がまったくない。

というのもじつはこの酒場は姉さんの行きつけで、普段から自分を特別扱いしないでほしいと言い含めているらしい。そういうわけで、俺たちはとくにＶＩＰ扱いをされることもないかわりに、落ち着いてゆっくりと話せるという寸法だ。

ふたりで空いていた丸テーブルに着席すると、注文もしていないのに果実酒がふたつ出てきた。これも常連である姉さんの「いつもの」というヤツなのだろう。

洒落たグラスに注がれた果実酒で乾杯をしたあと、グイッと飲み干す。超美味い。昼間に仕事をして、夜は姉さんとここで呑む。最高の贅沢じゃないか！

こうしてひと息つくと、姉さんは先ほどの俺の質問に対する答えを口にしてくれた。

「国政の不安定は亡国の第一歩よ。だけどあなたはここにくるまで国政とは程遠い一般的な生活をしていたのだから、突然国の方針といわれてもピンとこないわよね？　だから私は前にも言ったはずよ〝あなたの好きに〟やればいいって」

「つまり俺の思うハーレム、ってこと？」

城では俺のことを陛下と呼び上に扱ってくれる姉さんだが、プライベートでは俺のことをただの弟として扱う。自然、口調や呼び方も変わってくるため「城でもいつものように呼んでよ」と頼んだことがあったが、「宰相としてそういうわけにはいきません」とむべもなく断られてしまった。

公私混同はしないということなんだろう。そこがマジメな姉さんらしくていい。

「あなたはこれまでソフィーヤ姫をはじめとする王妃たちが提案するハーレムを体験をしてきたわよね？　その経験を活かしてあなたが望むハーレム道というものがうっすらとでも見えてきたのではいかしら？」

「なるほど、そういうのは少しあるかもしれないけど……」

「一国の王たる者は自身の考えをしっかりと持ち、この国の繁栄に努めてこそ王でいられるの。私もいま以上にサポートするから、がんばってみたら？」

「うーん、俺は基本的に俺の奥さんたちが幸せであればそれでいいんだけどなあ」

「ふふっ、少しずつでいいの。自分がいいと思ったことを実践する。それがあなたの望むハーレムに繋がっているはずなのだから」

「そういうものかな？　ほんと俺って、姉さんあっての王様だよな……」

こんなことを言ってはいるが、今後は姉さんに仕事を任せっきりにはしたくないとも思っている。好き放題やりつつも、俺は一応ひとりの王として、いまより成長したいという気持ちはちゃんと持っているのだ。

これが俺らしいハーレムに繋がるかどうかは別の話かもしれないけど、これからは姉さんの言葉を胸に少しずつがんばってみようかと思う。

「……ところで話は変わるけど、姉さんってこうして酒を呑むこと以外に何か趣味とかないの？　あ、読書は禁止ね？　あと勉強も」

「あら、そのふたつを禁止されたら残りはひとつしかないわね」

「あ、ちゃんとあるんだ」

「ふふっ、そうね。今夜は丁度良い機会だから教えてあげる」

そう言うと、突然この場で席を立つマルー姉さん。

「おう!!　マルーの姐さん！　今日は見せてくれるのかい!?」

「やったぜぇ!!　こりゃあこのままもう一杯、俺ぁいかせてもらうよ!!」

何故か急に周囲が騒がしくなる。

「姉さん、いったい何が始まるの？」

「ふふっ、いいからあなたはここで少し待っていなさい？」

そう言うと、なぜか姉さんはカウンターの横にある扉へと入っていく。何だなんだ？　これから何が始まろうとしているんだ？

すると程なくして店内には情熱的なフラメンコの旋律が流れてきた。

「よっ‼　待ってましたぁぁぁ‼　いいぞ姐さん‼」

「何ヶ月ぶりだ⁉　今夜はここに来て良かったぜぇ‼」

（えええぇッ……⁉　姉さんが、ダンス……⁉　しかも……あの格好は……！）

着替えてきたのか、普段とは服装が全然違う！　背中がガッツリと開いた真っ赤なドレスからは肩がバッチリ露出していて、腰のラインもくっきりと浮き出ている。胸なんて少し動けば零れ落ちてしまうのではといらぬ心配をしてしまうくらいしかガードしていないじゃないか！　そんな情熱的な衣装とともに、ステージ上で突然ダンスを披露し始める姉さん。ときおり見せる涼しげな流し目にドキドキして目が離せない。

昼は宰相で、夜は酒場のダンサーってこと？

思わぬギャップに、俺も他の客と一緒にテンションが上がってしまう。

「お、驚いてるな陛下。じつはマルーの姐さんは、宰相になる前からここで時々踊っていたんだぜ？　ていうかよぉ、あの人、城で働く前はここでずっと接客してたのよ」

「へ、へぇ……」

だから恋人がいなくても妙に男の扱いを分かっていたのか……。仕事もできて俺にはめちゃくちゃ優しい姉さんは、ダンスという特技で益々俺の中で株を上げてしまう。

「良かった。なんか本当に楽しそうだな……」

姉さんが活き活きとしているだけで、なんだかホッとしてしまう。この先もパルエッタで暮らしていくなら、きっと姉さんのダンスも俺の貴重な楽しみのひとつとなるだろう。

そうこうしているうちに姉さんのダンスは終了し、そのままの格好で席へと戻ってきた。

「ビックリしたよ姉さん。あんなふうに踊れるなんて知らなかった」

「ごめんなさい、いまさらになって少し恥ずかしくなってきたわ。あんまりジロジロと見ないで頂戴？」

「はは、何それ。とっても似合ってるよ。めちゃくちゃエロいし――」

「もう……、こんなところで……」

それからしばらく酒場の雰囲気を楽しむと、どちらともなく席を立ち酒場をあとにした。

俺たちはパルエッタの星空に照らされながら手を繋いでゆっくりと歩いて城へと戻る。

「俺さあ、夜のパルエッタも好きになれそうだよ。特に酒場はね。これからも姉さんのダンス姿を見られそうだし」

「そ、そんなに良かったかしら？　それなら私も、頑張った甲斐があったけれど……」

ぬ、ぬぉぉ、普段は冷静沈着な姉さんが頬を染めている!!　これは反則だ。少しだけ照れている姉さんはめちゃくちゃ可愛い。酒場にいる常連が、ぎゃあぎゃあ騒ぎたくなる気持ちもよく分かる。

「ねえ……、ちょっとこっちを向いてみて」

「ん？　どうしたの、姉さん？」

「ふふっ……。ちゅっ……♪」

俺が向き直ると、姉さんは予告もなしに唇へとキスをしてきた。酒の香りが漂う大人のキス。突然のことに思わず動揺してしまった。

「ちょ、どうしたの⁉　急にキスなんて‼」

「ふふっ、いいでしょ、たまにはこういうのも？　ありがとう、あなたが今後立派な王になってくれるのを私楽しみにしているわ」

そう言って再び夜空を眺めながら城のほうへと歩き出す姉さん。俺は弟でありひとりの王。姉さんも俺の姉であり、奥さんでもあり、同時に宰相という立場。

なんとも奇妙な組み合わせだけど……そんな姉さんのおかげで俺はいまも楽しくパルエ

ッタで暮らせているんだよな――。

酒で火照った身体に夜風が心地良い。

そんな夜風をもってしても、繋いだ手から伝わってくる想いは醒めることがなかった。

＊　＊　＊

パルエッタの夜風に送られながら城へと戻ると、俺は暗黙の了解で寝室へと歩を進めていく。酒場を出てから姉さんもこの展開は予想はしていただろう。

ただし部屋に俺と姉さんの他にもうひとり、見知った顔がいたことを除いてだが……。

「帰りが遅い！」

「あ、光……」

そうか、今日の夜伽当番は光だったなあ……。

「あんたさ、お酒を呑むのはいいけど帰りを待っている妻がいるってことも忘れないでよねって……あれ？　何でマルーさんが一緒にいるわけ？」

まあそりゃそうだよな……。五人も奥さんがいれば、ほぼ毎日誰かが夜伽の相手なわけで……。うっかりしていた。そこで俺は、酔った頭をフルに回転させてこういった。

「なあ光、３Ｐしようぜ‼」

「はぁ？　あんた、いきなり何言っているわけ？」

思わず口から飛び出た言い訳だったが、光の反応を見るとまんざらではなさそうだ。

知らない人が聞けば光は否定をしているようにも聞こえるだろうが、長年幼馴染をしていた俺なら判る。光は暗に「3Pがいや」なのではなく、「恥ずかしい」と言っているのだ。

そもそも嫁ファイブの中でいまだ3Pを経験していないのは光だけ。自分だけ仲間はずれにされているみたいでもどかしい気持ちもあったのかもしれない。

だから素直に「うん」とは言えないのだろう。

そんな様子を察してか、姉さんも助け舟を出してくれた。

「光さんは私と一緒ではお嫌ですか？」

姉さんも寝室に光がいるなんて思いもよらなかっただろうけれど、作戦の意図を察してうまく口裏を合わせてくれる。

「そりゃあ……私もそういうの、興味がないわけじゃないけど……」

「よし、そうと決まればさっそくやろうぜ！」

「あっ⁉　ちょっと待っ――！」

俺はベッドで待機していた光に近づき、キスで口を塞ぎそのまま押し倒す。

光＆姉さんとの3P……。もちろん下心はあるが、それだけではない。

俺にとってはみんなとの行為は生命力を回復させるためには必要なこと。それを複数人と同時にすることで生命力の回復量が増すのは確かだし、何よりひと晩で二倍楽しめて、生命力も増えるなんていう一石二鳥を逃すなんて選択肢はない！

そんな免罪符を手に入れた俺は、もはや容赦はなかった。そのまま光の着衣を剥ぎ取りベッドに押し倒すと、両足を手で押さえつけ股を大開にさせてから欲望のままに一気にペニスを奥まで突き入れていく――。

「んあああぁ～～っ！！！！！！」

「よし、んっ……上手く入ったな……」

「はぁ、はぁ……い、いきなりなんて……、んん……ぁ、はぁぁぁぁぁんっ！！！！」

「そんなこと言いつつ、本当は少しくらい、んっ……！　期待してたんだろ……？」

酒の勢いも手伝い、俺は容赦なく腰をグラインドさせていく。一方の光はそこまで強引にされると思っていなかったのか、急激に訪れた快感にまだ戸惑った表情を見せていた。

「姉さんは光の胸とクリトリスを……」

「かしこまりました。さぁ、光さん。今宵は陛下と私でお相手させていただきますからね？」

「ちょ、ちょっと待って⁉　ふたり一緒にって――あっ、あぁぁぁぁっ‼」

「んちゅぷ……んぁ……すみません、光さん。ですがこれも陛下のご命令……このまま素直に身を委ねてください」

「素直にって言われても……ひぁっ、あああぁっ！」

「ふふっ、光さんの感じている顔……とても魅力的ですよ？　陛下が夢中になってしまうのもよく分かります」

姉さんは俺の命令どおりに光の胸とクリトリスを愛撫する。敏感なクリトリスが指で刺激されるたびに膣内がビクビクと締まって堪らなく気持ちいい。

「姉さん、もっとだ。光は乳首が特に弱い」

「なに勝手言って……あぁぁあぁっ！」

「ふふっ、本当にお好きなようですね……じゅぷっ……ちゅぅぅっ、じゅっ、じゅぷっ、じゅるるるっ♪　……ふふっ、光さん……可愛いですよ♪」

光の乳首は姉さんの唾液によってべっとりと濡れていく。口では拒みつつも、いつの間にかぷっくりと勃起した乳首が何よりも感じてる証拠だ。

「乳首そんなに吸っちゃ……あっ……あんっ、ん、ふぁあ……！　あんたも……腰……、動かし過ぎで……！！！　あっ、あっ、あっ、んっ、んんんん〜〜〜〜っ‼」

「すごいな光、やっぱりふたりに見られながらされるのは、興奮するのか」

「そんなわけ……ふあっ……っ、んぅ……っ、そんなわけないのにぃ……」

「ちゅぷっ、じゅっ、じゅぷっ、ちゅっ、ちゅぅぅっ……んぁ、はぁ……ふふっ、それとも光さんは乳首よりクリトリスをご所望なのですか？」

「だから、ちがっ……乳首吸われてるだけで、んぁ、はぁ……感じ過ぎっちゃって……クリトリス弄られたら頭おかしく……あっ、あぁぁぁ、だめぇぇぇぇ――――ッ！！」

姉さんの指先が激しくクリトリスを愛撫すると一気に愛液が溢れ出してくる。ペニスを包んだ媚肉にきゅうきゅうと締め付けられ、動かなくても十分射精してしまいそうだ。

「あっ、あっ、んんぅ……こんなの、こんなのってぇ……」

「快楽に溺れていく光さんの顔……とても素敵です。さぁ、もっと溺れてその顔を陛下にも見せてください」

「あっ、はぁんっ、ああっ、ぁあああっ！　こんなの見せられるわけ……あっ、あっ、うっ、あっ、んんぅぅ……！　んんっ……！！！！　ヤダ……、ヤダからぁぁ！　こんな顔……、見せられ……んんんんぁぁぁぁ！！！！！！」

　光の顔がどんどん快楽へと堕ちていく。しかしまだ完全には堕ち切ってはいない。

「ごめんな光。せっかく挿れてやったのにあまり動いてやれなくて」

「んぁ……はぁ、……な、なに言ってるの？　さっきから動いて……、んん――ッ！！！」

「いや、もっと激しく動いてほしいのかなって」

「待って……そんなの無理、んぅ……!!

ふぁあっ、ん……いまだって……、乳首とクリトリスでいっぱい感じて……感じ過ぎてるの……ッ！　だから……、お願い……ッ!!」

「もっと気持ち良くしてください……だろ？」

「違うっ！　違うって……!!　だめっ、動くな……………って、だ、だめぇぇぇ！！！！！」

「姉さん」

「かしこまりました」

俺の言葉に必死で身をよじる光を姉さんは押さえつける。

「マ、マルーさん……お願い……。本当にこれ以上刺激を受けると……」

「陛下の命令は絶対です。それに心配しなくて大丈夫です。すぐに陛下が気持ち良くしてくれますから」

あらためて欲望のままに光の奥へとペニスを突き入れる。

「あっ、あ、……ぁ……ん、ぁ……あああぁぁ～～～～っ!!」

姉さんの愛撫によってすでにとろとろに仕上がった膣内は、腰を動かすたびにぐちゅぐちゅと音を立てて愛液が結合部から溢れてきた。

「あっ、あっ、ああぁっ!!　だめこれ、おかひくなっひゃう、おかひくなっひゃうぅぅぅ!!　オチンチン中で、ごりごりこしゅれてぇ……あっ、うっ、あっ、んんぅぅ……！」

「姉さん、光がもっと気持ち良くしてほしいってさ」

「そんなこと、んああぁっ、はぁあんっ!!　だれも、言ってな――」

「お任せください」

「あああああぁぁぁぁぁぁぁぁぁぁぁぁぁぁぁ～～～っ!!」

姉さんが光のクリトリスを指先ではさむようにして刺激すると、その瞬間光の腰がベッドの上で激しく上下に脈動した。それでも俺と姉さんは休まずに強い刺激を与え続ける。

そのたびに光は腰をひくつかせて快楽の波を全身で受け止めなければならない。

膣内はペニスに激しく突かれ、クリトリスは膨れ上がり、乳首は姉さんのヨダレで濡れそぼり……、ふたりの姉弟によって容赦なく犯されていく光。その反応が徐々に変わってくるのも致し方ないことだ。

「こ、こんな……、続けられたら、んぁ……あぁぁぁん！　おかひくなっひゃう……おかひくなっひゃうのぉ……。だから……お願い……！　もう、ゆるひへ……」

「おかしくなっていいぞ？　気持ちいいなら、おかしくなるのは当たり前だろ？　それとも光は気持ち良くないのか？」

「あっ、あっ、あっ……、んんんっ——!!　そ、それは……！」

「なるほど。姉さん、光がもっと気持ち良くしてくれないと全然感じないってさ？」

「ちゅぱっ……はぁ、んぁ……はい、もっとですね？　んっ、ちゅぷっ、ちゅるるるっ、ちゅっ、ちゅうぅっ、じゅるるるっ、ちゅうぅぅっ!!」

「あっ、ふぁあぁぁぁ～～～っ!!　だ……、めぇぇぇぇ！！！！！！」

乳首を思い切り吸われ、嬌声が部屋中に響き渡る。

びくびくと身体を痙攣《けいれん》させ、光から徐々に理性が消えていく。

「俺も光がちゃんと感じるように頑張るから、光も気持ち良くなってほしい」

「は、はへ……だから……、も、もうがんばらなくて、んぁ、あぁぁ……い、いいからぁ……わたひ、もうおかひぃの……きもひよふぎへ――あぁぁぁぁ～～～っ‼」

子宮口に向けて何度も亀頭を擦りつけると、そのひと突きごとに光の身体から力が抜け落ちていくのが分かる。いままで必死に抵抗していた身体はやがてぐったりと弛緩し、いまでは俺と姉さんから与えられる快感をただ受け入れ続けるだけとなってきた。

はぁ、はぁ、こんなに乱れた光……、見たことない……。

「光って、俺とのセックス大好きなんだな……」

「はぁ、はぁ……は、はい……だいすきですぅ……♪　好きぃ……しゅきぃぃぃ！！！しゅきだから……、もっと、もっといっぱいひてしてくだひゃい……♪」

「具体的にどうしてほしいか言ってくれ」

「あっ、あっ、あっ……いっぱいズンズンって奥……んあぁぁっ、あぁぁぁん‼」

光が喋ろうとするたびにわざとペニスを子宮口に擦りつける。そのたびに言葉は喘ぎ声に代わり会話は途切れてしまう。それがまた堪らなく愉しい。

「いっぱいズンズンって？　それから？」

「はぁぁん‼　ズンズンってぇ、おくぅ……おく、いっぱい突いてくだひゃい……」

「何で突いてほしいんだ？　ほら、言ってくれないと分からないだろ？」

「あっ、あぁぁっ!! そ、それ、深いぃ……！　オチンチン深くまで届いてぇぇぇ!!」

「はぁはぁ……！　おい光……。喘いでばかりじゃ分からないぞ……？」

「ご、ごめんなさい、ごめんなひゃぃ！！！　でも、おくぅ……、きもち、きもち良くてぇ……あっ、あっ、うっ、あっ、んんんんっぅぅぅぅ……！」

「ちゃんと言ってくれないなら……、このまま途中でやめてもいいんだぞ……？」

こうして話をしながらも突き上げるペースは決して緩めたりしない。

姉さんのほうも静かに俺と光のやり取りを聞きつつも、愛撫をし続けている。

「やっ！　いや！　やめないで……それだけはゆるひてくだひゃい……言います、んっ、んあ……ちゃんと言いますからぁぁぁ！！！」

「はぁはぁ……！　仕方ないな、今日の光は特別可愛いから許してやるよ……」

「ありがとう、んぁ、はぁ……ございます……」

「それで？　具体的に何をどうして欲しいんだ……？」

「あっ、んっ、いっ、あっ、あぁん!!　はぁ、はぁ……オチンチンで、奥……奥をいっぱい突いてください……お願いします」

「奥って、どこの奥だ……？　ちゃんと言ってくれないと分からないぞ……？」

「オマンコ、オマンコなのぉぉ！！！　あっ、あっ、んんぅ、わたひのオマンコの……いちばん奥、オチンチンでいっぱい……あぁ……っ、あああぁぁぁぁぁ!!」

光の言葉を聞き終わったと同時にラストスパートに向けて、いままで以上に激しく腰を前後させる。

結合部から止めどなく溢れ出る愛液は、腰を突き上げるたびにべっとりと俺の下半身を濡らしていき、ベッドにも飛び散っていく。

「あっ、あっ、ひゃあっ、あっ、んぁあっ、きもちっ、んっ、んあ……あああぁぁあっ！　オチンチンきもちいぃ……きもちいいよぉ……、もっと……おくに、くだひゃいぃぃ‼」

「あっ、くっ……！　はぁはぁ……！　本当に光は、俺のコレが好きなんだな……！」

「しゅきぃ……いっぱいズンズンしてくれる、オチンチン……んぁ、あっ、あぁぁっ‼　だいしゅきなのぉ……♪　しゅき……んはぁ！　しゅきぃぃぃぃ♪」

口元からよだれが垂れていることも気にせず、光は焦点の合っていない瞳で俺を見つめる。快楽に溺れ切ったその表情は思わずドキッとしてしまうほど、背徳的でゾクゾクする。

「はひぃっ、あっ、ふぁっ、ああぁっ！　イク、イっちゃう……もう、イっちゃう……イっちゃうよぉ……、ねえ、イッて……いい？　イって……んんん――――ッ‼」

「俺がイク前にイってもいいのか？」

その言葉に首をぶんぶん振って応える光。

「や、やだぁ……せーし、中に……んぁ、あぁ……中出しで……一緒に……いっひょに……イきたいよぉぉぉ！！！！」

「じゃあ、もう少し頑張れるよな？」

「がんばる、がんばりますぅ……ん、あっ！　あああぁっ！　がんばれ……わひゃし……、がんば……れっ!!　んんっ!!　ダメ……、オマンコ……うれしくて……！！！　まって、イきたいくない、まだ……、イきたくないのぉぉぉぉ……!!」

「ふふっ……、想像以上にがんばりますね光さん。それならこれでどうですか？」

姉さんはそう不敵に微笑むと、クリトリスをその指で何度も弾きながら、乳首に歯を立てるようにして光への愛撫を激しくする。俺もこの状況を思いっきり楽しんでいるが、そうやら姉さんも俺以上に楽しんでいるようだ。

「あっ、あっ！　クリトリス……刺激強くて、あぁぁん！　乳首も……、きもちいい……だめ、だめだめだめぇ……、がん……ばれ、がん……ばっ……んんんんっぁぁぁ！！！！」

いやいやと絶頂を拒絶する光。それに同調するように膣内の締め付けが一気に強くなる。

「がんば……れ、がんば……、んんんぁぁぁぁ！！！　ダメ……っ！　もう……ダメぇぇぇぇ!!　イク……イクイクイクイクイクイクッ……！　イッ、くぅぅぅぅぅ～～っ!!」

必死の抵抗も虚しく、光は俺と姉さんの責めによって腰を高く突き上げながら絶頂した。

しかし俺はまだイっていない。なので構わず光の中で動き続ける。絶頂を合図に膣内が激しく蠢動《しゅんどう》し、肉襞がチンポを包み込む。

「気持ちいぞ、光……。俺も、イクから、おまえもイッていいからな……」

「あ、あぁ……だから、わひゃし……もうイってる、いま……イってるのぉぉぉぉぉ!!　だから……オチンチン、ずんずんしちゃらめぇ……あっ、あは♪　でも、それきもひよくて……オチンチン、中でパンパンになって……♪　ひゃぁ……♪　だひてぇ、そのまま私

の中、中出ししてぇぇぇ!!」

絶頂直後で痙攣したように震える膣内の刺激。

限界があっという間に訪れる。その瞬間、俺は光の一番奥にペニスを突き立て……。

「くっ――――ッ!! 光、受け取れ――――!!!!」

「んっ――、んんァァ、あぁ……!!! せーし、きたぁぁぁぁぁ~~~っ!!」

堪えてきた射精感は激流のように溢れ出す。目が眩むほどの快感で崩れ落ちそうになる腰を必死で抑えて最後の一滴まで子宮に流し込んでいく。

「ぁ……はぁ、せーし、いっぱい出たぁ……はぁ、はぁ……こんなに、いっぱい……」

結合部から零れた精子は姉さんの指にもべっとりと付き、俺たち三人はそれぞれ真っ白に汚れていた。

「お腹の中もたぷたぷで熱くて……んぁ、中出しだいすきぃ……」

驚くことに、これだけ出してもペニスはずっと硬いまま。ならばもちろん……。

「はぁ、はぁ……今度は、誰の番か言わなくて分かるよね……?」

絶頂直後でビクビクと身体を震わせる光から腰を引くと姉さんに向き直る。

「待ってください陛下……、私、あんなに激しくされては……あっ、ああああぁ――ッ!!」

姉さんの抗議もほどほどに、俺は両足をガッチリとホールドしては精子で汚れたペニスをそのまま姉さんの膣内へと挿入していった。光の愛液、そして精液が塗りたくられたペニスは姉さんの秘裂にぐちゅりという音を立てながら一気に埋まっていく。

その膣内は光を愛撫していたからなのか、それとも光が犯される姿を特等席で見ていたからなのか膣内はすでにとろけたように熱くなっている。

「光もまた気持ち良くしてやるからな？」

「んぁ……んんっ‼　ゆ、ゆびぃ……オマンコ、入ってぇ……、きひゃ……♪」

　ペニスで姉さん、手マンで光という状況でふたりを同時に犯していく。光のほうはさっきの中出しが余程気持ち良かったのか、指を秘部に入れると媚肉は吸い付くように絡みついてくる。

「どう、姉さん？　待ってくださいって言ってたけど、本当に待ったほうがいい？」

　姉さんのあそこがしっかりと受け入れ態勢を整えているのが分かったので、俺は容赦なくその奥に目掛けて腰を突き出し続ける。

「んんぁぁぁぁ！！！　いえ、どうか……どうか、へ、へいかのお好きなように私も……ん、あっ！　犯してください……‼　そのまま……んんっ、性欲をぶつけてください……私の身体は陛下だけの……んぁ、はぁ……もっと深くに、もっと私のいちばん奥に……」

「こう？」

「んはあぁぁぁぁっっっっっっっっっ‼」

　その言葉に誘わるように腰をぐりぐりと子宮口へ擦りつける。光とはまた違った膣内の感触にペニス全体は包み込まれ、ゾクゾクと俺の下半身は快感を貪る。

「は、はい……そう、です……そこをお好きに、あっ、あっ！　どうぞかき回してください……。あっ、あっ、あぁぁぁっ！　へいか、へいか、へいかぁ……！！！！」

　円を描くように膣内をかき回すと、とろけた嬌声とともに結合部から愛液が溢れ出す。

「あっ、んん……マルーさんのエッチな声、隣でいっぱい聞こえりゅぅ……♪　マルーしゃん……んぁ、あふ……はぁ、はぁ……か、可愛い……」

「光はもっと聞きたいか？」

「うん、もっとぉ……あっ、んんっ、んっ、あっ、聞きたい……」

「はぁはぁ……だってさ、姉さん？　俺ももっと、姉さんの可愛い声が聞きたい……！」

「可愛いって……そんな——んっ⁉　ひゃあぁぁあぁぁぁっ‼」

「姉さん……！　はぁはぁ……！　ま、まだだ……！　もっといい声が出るだろ……！」

「はぃ……出ます、もっといい声——ひゃ……んぁぁあぁぁ～～～っ！」

子宮口めがけて何度もペニスを叩きつける。パンパン、パンパン……と肌がぶつかる乾いた音が何度も部屋に鳴り響いていく。

「光どうだ……？　ちゃんと聞こえてるか……？」

「だ、だめぇ……んっ、んぅ……ぜんぜん、聞こえて——んあぁぁっ！　き、聞こえてこない……」

「うっ、はぁはぁ……！　姉さん、光が全然聞こえないってさ……！　もっと、もっと可愛い声を聞かせてよ……！　光だけじゃなく、俺のためにも……！」

「そ、そんな……さっきもあんなに……ひゃぁ、はあぁぁ、んんんっ——♪」

「まだまだ……！　うっ、はぁはぁ……もっと、もっとだよ姉さん……！」

「んはあぁぁ～～っ！　あっ、あっ、あっ……あっ、いっぱい、いっぱい子宮叩いてっ、あっ、ひぁああああぁぁぁぁっ♪」

そのまま続けて子宮にペニスを繰り返しねじ込んでいく。そのたびに姉さんの喘ぎ声は大きくなり、全身に玉のような汗をかき始める。

光もなす術もなく犯され喘いでいる姉さんの姿に興奮したのか、はぁはぁと息を切らしながら汗を纏っていた。

「光、今度はどうだ？」

「ん……あっ、ふぁ……う、うん……今度は聞こえた……」

「良かったな、姉さん。ちゃんと聞こえたって」

「あふっ、あっ……んぅっひっ……ん、あぁっ、よ、良かったです……」

「はぁはぁ……それじゃあ、もう大きな声……出さなくて大丈夫だから……！」

「そ、そんな……もう無理——ああぁぁぁあっ！　あっ、そんなの、もどらない……あっ、れす……中、じゅぽじゅぽ、きもひぃいのに、もう……んぁ、はぁあん！　も、もどりゃないれす……、ぃひいいぃいぃ♪　声……でちゃうのぉおぉぉ！！！！」

姉さんの奥にチンポが届くたびに、クールな姉さんがだらしない喘ぎ声をあげてよがっている。この姿を見ただけでイキそうになる。

「どう、姉さん？　感想は？」

「はい、なか……たくさん陛下に、じゅぽじゅぽって、されて……、んぁ……あ、あつくてぇ……おくから、きひゃいます……きもひぃいの、きちゃいますぅ……」

「気持ちいいのって何かなぁ？　なぁ、光……どういう意味か分かるか？」

しらばっくれて光に振るとさすがは幼馴染、絶頂後すぐに指であそこを弄られては思考もあやふやだろうに、ほしい答えだけはしっかりと返してくれる。

「んっ、あっ、あっ、ううん……全然、んぁ……分かんない……かな」

「そうだよなぁ……気持ちいいのじゃ分からないよなァ！」

「うん、ぜんぜん分からな――んあああぁぁぁぁっっ‼」

手マンしている指に膣肉がきゅうぅぅっと絡みつく。

まったく……さっきイったばかりなのに、仕方ない幼馴染だ。

「んあぁ……んんっ！　イく、イっちゃうんです……陛下にたくさん中にじゅぽじゅぽされてぇ……、私……イっちゃうんです……ぅうぅぅぅ！！！」

「はぁはぁ……ごめん姉さん、光の中、かき回してて全然聞いてなかった……。わ、悪いけど……！　もう一回言ってくれる……？」

「そ、そんなぁ……んぅ……っ、あっ、あぁっ！　このままじゃ私、わたくしぃ……」

もちろん、姉さんの言いたいことは分かってる。

膣内がせわしくなく収縮を繰り返しているのが、その証拠だ。俺はあえてストロークをゆっくりに落として次の言葉を紡がせる。

「ほら、早く言わないと……でしょ？」

「は、はい……イっちゃいそうなんです……いますぐにでもイってしまいそうで……」

「それで、どうしてほしいって？」

「んぁ、はぁ……私も光さんと同じように……陛下の精液を中に出してほしいのです……」

普段クールな姉さんにこんな言葉を言わせているのが自分だと思うと、それだけでこみ上げてくるものがある。それは下半身にも伝わり、ビクビクとペニスを悦ばせる。

「はひぃぃぃいぃぃぃ！！！！！！！　陛下のが中でさらに大きく……なったぁぁぁ♪　あっ、あふっ、どうか……、そのまま、出して……、だして……くださいぃぃいぃぃ！！！！」

「出してもいいけど……その前に姉さんがイってからね？」

「そんな……私も陛下と一緒に――あっ、あっ、あぁぁぁぁ――――ッ！！！！！」

わざと先にイかせるように再び円を描くように膣内をかき回していく。腰を動かすたびに秘裂はピクピクと反応し、俺のペニスに早く中に出してほしいとせがんでくるようだ。

「もうイっちゃいそうだね？　いいの？　俺と一緒じゃなくて？」

「一緒、いっしょがいいです……でも、でもでもでもぉ！　あっ、だめ、もうだめぇ……イっちゃうの我慢でき――あぁぁぁ……、ぁ……、くっ、あああああぁぁぁぁぁぁ――！」

思い切り膣内をかき回した瞬間、甲高い声を部屋中に響かせて姉さんは絶頂を迎える。媚肉は一斉にざわめき、ペニスに痛いくらいに吸い付いてくる。

「お、俺も……、出る……ッ！」

「んっ……、っんあああああ～～っ！！！！！！！！」

まるで姉さんの意思が伝わったかのようにペニスは膣肉にしごかれ、そのまま子宮に向けてビクビクと震えながら精子を吐き出す。

「はぁ……、あぁ……やっと出してくれましたぁ……陛下の精液、私の中に……」

うっとりと中出しされている光景を見つめる姉さん。

「マルーさんも、んぁ……いっぱい中出しされちゃった……♪　ドクドクって中、気持ちいいですよね……」

「は、はい……出したばかりの精液、とろとろで堪らなく気持ちいいです……♪」

目の前にはとろけた顔をしたふたり。

俺はその表情をオカズに最後の精液を発射する態勢に入る。

「はぁはぁ……‼　うッ……！　ふたりとも、そのまま全身で受け止めてくれ……‼」

「んんっ……あああああぁぁぁぁ――――！！！！！！」

姉さんの秘部からペニスを引き抜くとふたりに向けて、一斉に精子を飛び散らせる。三回目の射精だというのに、普段の射精よりも大量に発射されていく。

「はぁ、はぁ……えへへ、こんなにいっぱい身体にも……」

「あ……っ、んぅっ……陛下、本当にありがとうございます。身に余る幸せです……」

「すんすん、んぁ……マルーさん、すっごくエッチな匂いする……」

「ふふ……っ、そ……、それは光さんもですよ……」

そのまま射精直後のまどろみに沈んでいく俺。瞼《まぶた》が落ちる前に見えたのは、快楽に溺れた満足そうなふたりの顔だった。

俺を取り合うラブコメハーレム

　今日も今日とて相も変わらず玉座の間に嫁ファイブを集めてはハーレムの方針を告げる俺。姉さんが言った「俺らしいハーレム」というのがいまのところいちばん現実的なところかなと思うが、それでもまだ試していない提案がひとつあった。

「この間の俺様ハーレムがいまのところしっくりきているかなと思うんだけど、とりあえず光の言っていたラブコメ全開パターンも経験してみようかと思うんだ」

「だからラブコメじゃないって！　バイオレンスよ！　血で血を洗う争いってやつね。これでようやくあの女と白黒付けるチャンスがきたわ」

　そういって光はシャルを一瞥する。

「それはこっちのセリフよ。これまでは幼馴染としてこれまではほんのちょびっとリードしていたかもしれないけど、もう私たちはお兄様の妻。ご自慢のちっぽけなアドバンテージ、なくなっちゃったわね、光♪」

　シャルも負けずに応戦。ふたりの間にバチバチとした火花が散ってる……。うわ、これ本当にラブコメ展開になるのか？

　そんな一抹の不安を感じながらも、俺は光の提案した「俺を取り合う正妻バトル」系ハーレムを試してみることにした。

「ということでいまからみんなで俺を取り合うヤキモチコースのスタート!!　じゃあ光、もう一度ヤキモチコースの説明をプリーズ！」

「分かったわ。早い話が、あんたを巡ってみんなで争えって話。分かりやすく例えるなら、重婚ハーレムでも女同士白黒つけましょってこと」

「た、戦う、ですか……!?」

「いや、キキ？　べつに俺は戦って欲しいわけじゃないぞ？　俺、昔からモテなかったからさ、なんかこう……ソフトに、一度くらい俺を取り合ってくれるような、そんな女子たちに囲まれた生活を送りたいってことなんだけど？」

日本、いやこれはすべての世界に共通する男の願望ではなかろうか？　両手に華を軽々超えた、俺を中心に巻き起こるラブコメ旋風……!!　もうみんなとは結婚しちゃってるけど、まあそこはご愛敬ということで。

「ご主人様、私……戦闘はちょっと……」

キキは本当に可愛いなぁ!!

「私も、キキさんと同じくみなさんをあらゆる手段で〝殺めたく〟はありません」

ソフィーヤ……。それはキキとは何か根本のところから違うと思うぞ？

「陛下。これはどちらかと申しますと我々女側の問題となります。せっかくの機会ですので、自身のプライドを賭けこの五人の間にハッキリとした優劣をつけたいのですが？」

うわっ……姉さんが拳を振り上げてやる気だ……。よく晴れた昼下がりなのに、なぜか局所的に雷鳴が轟《とどろ》いている気がする……。これ、ヤバイ選択をしちゃってない？

「ちょ、ちょっと待った!!　あんまり大袈裟に考えないでくれ……!!　せ、正妻って……俺がそういう、優劣とか決めるの嫌いなタイプだって流石にみんな、もう分かってくれてるだろ……!?」

どんなに甘ちゃんだと思われても構わない。でも俺は、みんな平等に接することができなくても、気持ちの上では全員が正妻と変わらないわけで！

「この後に及んでグダグダ言ってるんじゃないわよあんた」

「そうですわお兄様。コレは女同士の戦い。もはや王としてのお考えなど不要です」

「コホン。良い機会ですので陛下にはハッキリと申し上げておきます。中途半端に善人ぶるのはお止めください!!　男なら欲に忠実に!!　性には真っ直ぐ!!　そしてッ!!」

そ、そして……!?

「我々は端っから平等な扱いなど求めてはおりません。それは男性特有の間違った優しさです！」

そうか、姉さんがそこまで言うなら俺も覚悟を決めようじゃないか！　間違った優しさとまで言われてしまったら、ひとりのオスとして黙っているわけにはいかないからな！

「すまなかった姉さん。俺は今日までここにいる皆に嫌われたくないという一心で頑張ってきた。しかし俺の本性は、釣った魚には餌はやらない典型的なロマンティックゲス野郎。

ぶっちゃけ平等なんて俺もごめんだ。毎日女の顔色ばかり伺って生きるなんて、そんな人生男として終わっているからなァ！！！」

「あぁ……！　お兄様ステキ……!!」

「素晴らしいです……！　ついに王としての開眼を迎えたのですね……!?」

あ、あれ……？　なんか勢いでやった割にはウケがいいぞ……!?

「あー。あんたが変なことを言い出すから、みんな妙なスイッチが入っちゃったわね……」

「あ、あの、旦那様？　ロマンティックゲス野郎とは、一体何のことでしょう……？」

信頼し合っている女性との間に、妙な建前などもはや不要。俺は光との日本での生活を通して、そんなことは既に重々承知していたはずだった。本音とはほど遠い、そんな上っ面だけの関係なんてむしろ相手の女性側に死ぬほど失礼ってことだ。

これは長年光の好意に甘え、結論を先延ばしに続けては彼女を傷つけ続けてきた俺なりの、痛い失敗から学んだある種の教訓に近かった。

こうなればヤケだ。いけるところまでいってしまえ！

「さあ!!　いまこの瞬間から俺を巡って争い合え……!!　俺のあずかり知らぬ場所で、女同士の血で血を洗う戦を繰り広げるのだァ!!」

俺がノリノリで演説していると、ひとりだけマジメな顔をして声を荒げる人物がいた。

「争うなんて、私はいやです!!　わ、私……誰かと傷つけ合ったり、争いのある毎日なんて……それだけはどうしてもいやです……。元奴隷の身でもあるにも関わらずせっかくこうして、みなさんと仲良くお話ができるようになったのに……わ、私……私は……」

そういって玉座の間から走り去ろうとするキキ――。

その行為でバイオレンスな雰囲気に呑まれていた場が正気に返る……ことはなかった。

「じゃあキキはここで脱落ね。今後一切あなたはお兄様に抱かれることはなくなったわ」

「いえーい、ラッキー☆」

「早速ひとり消えましたか。最も警戒していた人が以外とあっさりといきましたね」

シャル、光、そして姉さんまで……。女子って……怖い！

「や、やっぱり戦います‼　奴隷のプライドと、ご主人様との夜のためにィィィッ‼」

あえなくキキ、参戦。

「これでキキもOKということで、ソフィは？」

「あ、あの、私も……人と争うのは、昔から非常に苦手で……や、やはり私は、陛下の一番でなくても構いません。二番でも三番でも……陛下の気が向いたときにだけお相手していただければ……」

「そ、ソフィ……」

彼女らしい謙虚な姿勢に胸キュンしてしまう。

そんなこと言われちゃったら、俺様はますますソフィーヤを抱きしめたくなっちゃう！

「ソフィ、愛してるぅぅぅ！！！！！！」

「あ……、も、もう……陛下……、皆さんが見ていらっしゃいますよ♪」

「ねえ？　それ、良い子ぶってるけどさりげなく戦わずして『私が一番』宣言だからな？」

「これが天然なら最大の脅威になるわ。ソフィーヤ！　いますぐ私のお兄様から離れて！」

「なるほど、既に戦いは始まっているというわけですね……。さすがは一国の姫というわけですか……。人身掌握に余念がありませんね」

まあ……、あれだ。先行は不安だけど、見方を変えればお互いが本音で付き合うきっかけになるとも言えるか？　そう思えたらちょっとは気持ちが前向きになった。

そうこう考えているうちに、光が高らかにバトル開始の宣言を口にしていた。

「それじゃ、バトル開始ね！　まずは開会の言葉として、既婚者の先輩でもあるメイド長マリアさんの意見を聞いておこうじゃないの」

「はぁ、光様……？　私ですか？」

部屋の隅で待機していたところに振られ、一瞬ぽかんとした表情を浮かべたマリアさん。しかしそこはさすがのメイド長、即座に頭を切り替えて対応してきた。

「それでは僭越ながらこのマリアからひとこと――。男には本能的な支配欲求というものがありまして、いつもニコニコしている穏やかな男性でも妻……、つまりは一度自分の女だと思った相手には、なかなか厳しい態度を取ることが多いものです」

さすがはベテラン既婚者。よく男のことを理解している。

「仕事以外は妻に任せっぱなし、文句を言ってきたら力に任せて手をあげる。終いには『おまえは黙って、俺の言うことだけを聞いていればいい！』だなんて脅して、傷つけて……。

それでも泣きながらついてくるそんな女性に、男は歪んだ愛情を抱くこともありますわね。さあ、皆さん。思う存分に戦いなさい！　勝利の栄光を貴女にッ！」

え……？　ええ……？

「お兄様！　私を殴って!?　私、お兄様にもっともっと支配されたいの！」

「ご主人様！　私にもキツイのを一発お願いします！」

「陛下、その次はぜひこの私を――」

いまこの瞬間、パルエッタ王室にＤＶ容認論が浮上する……!!

「マリアさんのお言葉、奥深いものがありました。ときには理不尽な怒りの感情すらこの身で受け入れることに、真の夫婦が証明されるのですね！」

ソフィーヤ……、真に受けなくていいからな？

「あ、あはははは……。なんかよく分からない展開になってきたわね……」

光、間違いなくおまえ発信だけどな？

「さあお兄様？　顔は変形すると女としては致命的だから、ここはボディに一発」

「わ、私は顔でも構いません……!!　ご主人様に愛されるためなら……!!」

「いやいやいや!!　待て！　何が楽しくて、俺がみんなを殴んなきゃいけないんだよ!!　おい光、おまえからも何か言ってくれ」

「この流れだから言えるけど、私……、あんたがＤＶ野郎でも全然平気だからね？」

がーん……！　そ、そうなのか？

「だって毎日殴られるだけであんたのそばにいられるなら、それって結構お得じゃない？」

　おまえやっぱりブッ壊れ過ぎ！！！！！！！

「姉さんも変なノリに付き合ってないで、助けてよ！　支配欲がどうとか暴力で確認できる愛とかおかしいでしょ！」

　好き好んで女を殴りたい奴なんて、そんなの俺からすると人間じゃない。口だけでいつもヘラヘラ笑っている俺でも、こればかりは絶対に容認できないぞ！

「だいたい殴る理由がそもそもないんだよ？　べつに俺怒ってないし、イライラだって、正直この国に来てからは全然だし」

　むしろみんなのほうが、俺にパンチの一発くらい浴びせたいんじゃないのか？　みんな仲良しのハーレム生活だって、夫に対する不満くらいいくらでもあるだろうに。

「陛下、心中お察しいたしますが、私はいま、ハッキリと分かりました。やはり陛下……、いえ、いまのあなたにたりないものは……‼」

「た、たりないものは？」

　あまりにも真顔な姉さんに思わずノドがゴクリと鳴ってしまう。

「本能的に臣民がひれ伏すような、王としての圧倒的な迫力‼」

「圧倒的な迫力って何だよ‼　いまから俺に恐怖政治でもしろってのか⁉」

「いい機会ですので、陛下も一度お考えください。女性は優しい男に惹かれはしても、時として感情的に高ぶることの多い男に惹かれるのもまた事実」

どこ情報ですかそれ？

「未熟でも性格そのものが悪くても、自身の苛立ちや負の感情……。そういったことを一切口にされない……というのも、妻としてはなかなか辛いものがあるのですよ？」

「やめてよ！　なんかここにきて妙に説得力あること言うのやめてくださいマジで！　な？　ソフィ？　なんかおかしいよな？」

「陛下の負の感情……。私たちには〝何でも遠慮なく言ってこい〟と優しい言葉をかけてくれるのに、当の本人は結婚後も自身の胸の内を明らかにしてくれないなんて……」

うわ、もうだめだ。嫁ファイブが連携して、俺のDV行為を正当化しようとしている……。どうしておまえらは俺からお叱りビンタされたいのさ！

そう思い、身悶える俺に光が慰めるように肩を叩いてきた。

「さ、覚悟を決めなさい。いい加減あんたは悟るべきなの。この世にはね、殴られて密かに股間を濡らす女もいるってことにッ！！！！」

何それ！　その女怖過ぎ！！！！！！！！！！！！

「それではここからは不肖このマリアが審判を務めさせていただきましょう。それではステージ1。『隣国からやってきた姫。ソフィーヤ様』、スタート！！！」

おいババア……おまえもノリノリだなぁ！

「お、お願いします」

「…………え？」

「あの、早く殴ってください」

いま悟った。これは俺への精神的な拷問だ！

「と、とりあえず……、『ペチッ』て感じのビンタでいいかな？」

「いえ、ここはシアリーズの代表として、手を抜いてもらうわけには参りません!!」

何そのプライド!!　いまいる!?

「うるせぇ、大人しくペチペチされろ！」

「きゃぁ♪」

ペチペチペチペチペチ――――!!!!!

ソフィーヤの粉雪のような白い頬を連続でペチペチする。

頼むぜ？　これで不満とか言われたら、殴りたくない俺、マジで泣いちゃうぞ？

「ど、どうかなソフィ？　もしかして……いまのでも、痛かった……とか？」

「あの、分かりません。でも不思議なんです、私……いますごくドキドキして……!!」

「ほら見なさい！　これが暴力で股間を濡らす女だわ!!」

光がドヤ顔で俺を見返している。

いや、もう……、どうでもいい……。

「これは開幕から痛烈な一撃が出ました。なかなかいい流れでございます！　それでは続いてステージ2は『元奴隷代表、キキ様』でございます」

だから何でババアが仕切ってるんだよ！

「キキ様。DVを前にまずは意気込みをどうぞ」

「はい。奴隷時代はそれなりに鞭で打たれることもありました。女のご主人様を怒らせたときなどは、それはもうビシバシと背中を叩かれまして——」

「ええ⁉︎　そうなの⁉︎」

「はい。でもそのたびに傷は自分の力で治しましたし……、いまではどんな方向から鞭を振るわれても、自在に回避できるまでになりました」

修行かっ‼︎

「陛下、どうぞこちらを——。パルエッタ特性の鞭にございます」

「用意いいババアだな！　いやだよ！」

「ですがキキ様はやる気満々のようですよ？」

「フッ、シュッ！　ハッ‼︎」

なぜ華麗なステップを踏んでいるのだキキよ……。おまえDVを勘違いしていない？

「それでは試合開始でございます‼︎」

カーン！

どこからともなく開始の鐘が鳴る。仕方ないので適当に鞭を振ってみるか……。

ブルン……、ブルン……、スカ……、スカ……。

「あれ？　おかしいぞ？　ん、ほっ！　えぃ！　だめだ……、全然当たらない……」

「ご主人様、ちゃんとやってください！　そんな腰の入っていない振り方じゃ、クリーンヒットなんて夢のまた夢ですよ！」

自称ＤＶ被害者から説教される。

「いや、鞭って俺、使ったことないから難しいんだよ……。こ、こうか？」

今度は腰の回転を意識して鞭を大きく振りかざしてみたが、右手に力を入れた瞬間、部屋にビシッという鈍い音が響く――。

「痛ぇぇぇぇッ!!」

鞭の先端がしなりをあげて俺の耳を襲ってきた。

「え、えっと、大丈夫ですか？　ご主人様。あのですね。鞭はこうやって使うんですよ？」

そういって俺の手から鞭を受け取ったキキは、子供にレクチャーでもするように鞭を操る。その動きはまるで蛇のようにうねうねとしているかと思えば、気合いとともにその先端が床の一点を的確に打ち付けて……。

「うおっ……、す、すごいな……」

「そしてこうっ！　手首をこう、くっと返して……ぴあッ!!　ひぐッ……!!」

「えっと……あれ？　キキさん？　なぜに自分の身体を鞭で打ちつけているんですか？」

キキ先生、ついにセルフＤＶに走る。

ブルン――！

「ぴぃ……!!」

バチン――！

「ぴぁぁぁぁぁぁぁぁぁぁぁッ!!」

「もう、やめろ！　お願いだから、やめてくれ!!」

自分で生傷作ってどうする!!

「キキ様、さすがの鞭使いでございました！　さぁ、陛下も悲鳴をあげたところで、続いてはステージ3。『パルエッタの女宰相。マルー様』の登場です！」

「陛下、どうぞお手柔らかにお願いします」

「姉さんもやるんだね!?」

「ええ、当然です。あの可愛かった弟がいかに横暴に成長したのか、ここは宰相としてではなく、姉としてあなたと対峙するべきだと思って」

うろ覚えだけど、俺の姉さんは昔から冗談の通じないタイプだった気がする。

「さあ注目の姉弟対決でございます！　試合開始!!」

カーン！

「……え!?」

目の前でいきなり服を脱ぎ始める姉さん。何でみんなの前で裸になってるんだよ！

「さあ、あなたの好きにしてちょうだい！」

「え、いや……、その……、好きにと言われましても……」

「あなたには実感がないかもしれないけれど、私はあなたに、いくつもの負い目があるの。小さいころ、あなたのことを最後まで守れなくて……、ダメな姉で、ごめんなさい……」

「ん……？　どういうこと？」

「あなたが行方不明になったあの日から、私はずっと自分のこの身を呪っていたわ。だから今さら、あなたに非難されて殴られようが性行為を強要されようが、何も抵抗する気はないわ。だから、思う存分、あなたの好きにして」

　そう言って、この場でゆっくりと俺を抱きしめる姉さん。

「暴力は何も叩くだけじゃないでしょう？　もっといろいろな方法があると思うの。感情にまかせて、あなたは私の体に何をしてもいい。これは私の贖罪の意思でもあるのだから」

　贖罪なんて言葉がまさか姉さんの口から出てくるとは思わなかった。だけどそうじゃない、そうじゃないんだよ姉さん。

　気が付くと俺としては珍しく、ちょっとイラッとした気持ちになっていた。

「ふぅん……。じゃあ姉さん、ここはおとなしく尻を出してもらおうか」

「え？　し、尻を……？　わ、分かったわ……」

　俺の言うとおり、少し頬を赤くしてその綺麗に整った下半身をこちらに向けてくれる。

「割と本気でムカついたから、姉さんは尻叩きの刑ね」

　そういって丸出しになった姉さんのお尻を手のひらで叩きつけていく。

「ま、待って……！　痛くはないけれど、その……！　恥ずかしい……！」

「じゃあもっと恥ずかしがってもらおうか。ほら、あのクールで厳しいマルー宰相が、弟に尻を叩かれて欲情している姿。国民が見たらどう思うだろうな？」

そういいながらペシペシと姉さんの尻を叩き続ける。真っ白だった肌が、ほんのりと赤く染まりあがっていく……。

「あぁっ……！　いやっ……！　そんなこと……言わないで！」

過去の記憶がないのは俺のせいだし。それで勝手に罪の意識を持たれても困る。

「じゃあ約束だ。俺に負い目なんて、今日この場で捨ててくれ。俺が姉さんに甘えたり、エッチだってめちゃくちゃ開き直って腰を振るのは好きだからに決まってんじゃん！」

ペシペシ――！

そう言いながら尻を叩き続ける。すると姉さんの股間からうっすらと湿り気が……。

「ば、ばか……。だったらここでいますぐ抱いてみせてよッ！」

「姉さん……!!」

思わず姉さんの尻を叩いていた手が止まってしまう。よく見るとあらわになった姉さんの股間はしっとりと濡れ、ヒクヒクと蠢動《しゅんどう》しはじめていた。

「はいはーい。残念ながらDV選手権中はセックス禁止でーす。だよね、マリアさん？」

「はい、光様のおっしゃるように残念ながらマルー様は反則失格となります」

「そんな……。む、無念です……」

え？　あれ？　何この茶番？

結局俺の右手の姉さんのケツの感触が残るだけだった。

「それではここからは巻きでいきます。ステージ４。『エルスパの女。シャルローネ様』」

「えっと……、お兄様……。私もお尻を出したらいいのかしら……？」

「照れながらケツをこっちに向けるな、本当にここで犯すぞ！」

「冗談よ♪　でもね、どうせなら叩くのではなく、ひとつお願いがあるの……」

「ん？　お願い？」

そういってシャルローネがそっと俺の耳元で囁《ささや》く。

「胸でも首元でもいいわ、私お兄様に噛んで欲しいの……」

「はい……!?　噛むって、え、マジ？」

「ええ、そうよ♪　私、体の至るところにお兄様の噛み跡を残したいの……」

「おっとシャルローネ選手!!　先手に出ました!!　これは強いッ！」

「ねぇお願い……甘噛みでもいいから……」

「ま、まあ叩くのよりはマシか……。わ、分かったよ」

意を決して優しくシャルの首筋に噛み付く。

カプり――。

「ンッ……♪　ごめんなさいお兄様、シャルローネはいけない子……。私もあの淫乱姫と同じで噛み付かれて股間を濡らす女みたい……！」

「あ、あの……シャルさん！　いまの発言は容認できません……!!」

「いえソフィーヤ。あなた知っていて？　どうやら一国のお姫様イコール淫乱というのは、お兄様が育った日本では国民全員の共有認識みたいよ？」

「え……？　そ、そうなのですか……？」

言えない……。政治的なしがらみから隣国の見知らぬ王の元へと嫁いできた清楚な姫君という構図そのものが、俺たちオタクの格好のエサだなんて……言えない！

「さあ、もはやＤＶなのかどうかも分からなくなってまいりましたが、いよいよ本日最後のカードを迎えようとしております。参りましょう！　ステージ5！　トリを飾るのは『最強の幼馴染、光様』となります！」

「さあ、どこからでもかかってこいよ、おらぁ！　エロ同人みたいな鬼畜な行為でも何でも受け止めてあげるからっ！」

なぜかヒールプロレスラーのように両手を掲げて俺を挑発してくる光。

しかし幼馴染さんよ、俺をなめんじゃねえ。もうおまえの魂胆は見切ってるんだよ。

「エロは禁止って自分でいっただろう！　そもそもナマイキな幼馴染を催眠アプリで従順にさせては昼夜場所を問わずセックスしまくるなんて考えてねえからな！」

「うわっ……あんた私にそんなことさせたかったわけ？　うわ、キモッ！　だけど、そんな何でもやってあげるから、早く本能のままに宣言するがいいわ！　みんなの前で股を開いて、あんたをオカズにオナニーしてみろとかなんとか命じなさいよ！」

「だからそんなこと考えてねーって言ってるだろ！　つうかおまえ、さっき〝俺がＤＶ野郎でもオッケー〟とかいってたじゃねーか！　だからこっちは、ＤＶ行為は単純におまえを悦ばせるだけだって分かっちゃったんだよ！」

「チッ――！」

え？　いま舌打ちした⁉　なんとも柄の悪い幼馴染だ……。

しかし俺も無策というわけでもない。俺は光に向けてビシッと指を向けて宣言する！

「そこでだ――俺はいまここで、おまえに対して何もしない‼」

「……はぁ？」

「おまえは打てば響く……というか、俺が何をしてもそれを快楽に変換してしまう、ぶっ壊れた女だってことはこっちに来てよく分かった。だから、俺は何もしない！　手も出さない！　ＤＶしない！　イジメよくない！」

「ご、ご主人様……、それはさすがに酷な行為なのでは……」

「そうよお兄様、さすがの私でも光をかわいそうだと思ったわ」

「陛下、さすがに王としてそのような行為はいかがなものかと」

「旦那様がそんなことをするお人だったとは……」

え、これＤＶ大会だよね？　しかもＤＶしていないのに何で責められてるの？　なになに、手を出さない非ＤＶ男って、そんなに悪な存在？　とりあえず謝ったほうがいい？

「あ、いや……、何だその……光？　ごめんって。いまのは……嘘、嘘だからな？」

アタフタしながらもひとまず謝罪の言葉を口にする。

そんなとき、ひとりノリノリだったババアことマリアさんが思わぬ実況を挟んできた。

「おーーっと、光様の様子がおかしいッ！　これはどうしたことでしょう？　震えている、震えていますッ！　しかも恐怖からの震えではなく、これはッ！　歓喜の震えッッッッ！」

へ……？　歓喜の震え……？

「ああ～～ん♪　放置プレイ、ゾクゾクする！　好きな男にゴミを見るような目で蔑まれる感覚！　最高だわ」

ああ、こいつ……本格的にダメだ……。

失意の中で、ノリノリババアの実況が耳に響く……。

「おおっと！　これは完勝、圧倒的勝利かッ!?　さあ、他の四人はどう動くかッ！　皆様反撃がないようでしたら、勝者は光様ということになってしまいますよッ！」

「ま、待ってください！　ご主人様！　ぜひ私にもその放置プレイというものを！」

「ずるいわ、キキ！　私だって経験してみたい……」

ああ、違った……。光だけでなく嫁ファイブみんなが本格的にダメなんだ……。

こうして突然はじまった俺によるＤＶ大会は、うやむやのままに幕を閉じるのであった。

＊　＊　＊

嵐のようなＤＶ大会が過ぎ去ったその夜、嵐の中心にいた光はソフィーヤを伴って俺の寝室にやってきていた。目的は当然３Ｐのためである。

どうやら光は、マルー姉さんとの３Ｐがひどく気に入ったらしく、その後も姉さんやキキ、さらには犬猿の仲でもあるシャルをすら誘って複数人プレイを求めてきていた。
そして今日の相方がソフィーヤというわけだ。

「な、なんだか、こうしてソフィーヤと三人でするっていうのも、恥ずかしいね……」

すでに準備は万端なようで、光は裸になったソフィーヤを抱きしめるように覆い被さり、それでいてこちらにお尻を突き出しモゾモゾと左右に振っている。

「そうですね……。私も、胸の鼓動がすごく早くなってます……。で、でも、平気です。私は、旦那様を愛していますし……信じてますから」

一方のソフィーヤも光に抱きしめられながら仰向けに寝そべり、その両足を大きく広げては俺の挿入をいまかいまかと待ち望んでいた。

「は？　私のほうが愛してるし、信じてるもん。付き合いだって、ずっと長いんだから！」

ソフィーヤが照れくさそうに俺への愛を囁くと、対抗するように愛を語る光。そうそう！　このヤキモチ感が俺が求めていたラブコメハーレムなんだよ！

「ふたりとも……。俺のために、張り合わないでくれ」

そしてこれだよ、これ！　この人生で一度は言ってみたいセリフナンバー3を、ついに今日、口にすることができた！　うん、感無量！

ちなみにナンバー2はタクシーに乗り込んで言う「前の車を追ってくれ」で、栄えあるナンバー1は定食屋さんに入って「おばちゃん、いつもの」とドヤ顔で伝えることである。

「も、申し訳ありません、旦那様……」

「ご、ごめん……」

張り合うふたりをたしなめると、また恥ずかしげにモジモジとし始める。

それにしても……すごい眺めだな。

ソフィーヤの上に光が乗っていることもあり、大きな胸の膨らみが、ムギュッと潰れていた。

しかもお尻がクイッと突き出されており、割れ目も丸見えになっている……。

「あ……オチンチン、すごい大きくなってる……」

「旦那様……すごく、たくましいです……。大きくて、固くて……」

その言葉を受けて俺は、ふたりの尻に固くなったペニスを交互に打ち付けていく。

「どうだ？　俺の固くなったちんちんの感触は」

「う、うん……。ひゃっ、あっ……ペチペチお尻を叩かないで……んっ、ふぁ、あっ……」

「やんっ、ふぁ、あ……オチンチン、熱い、です……そのように押しつけられますと……

私、その……ふぁ、ぁ……」

ふたりの痴態を見て、みるみるペニスは固く勃起してしまう。もはや我慢できずに固くなったそれをふたりに押しつけると、途端にエロい声をあげはじめた。

「はぁ、はぁ……旦那様ぁ……。んっ、ふぁ、あっ……ぁん、んっ、んっ……」

「あんっ……ちょっとぉ……。そこ、くすぐったい、からぁ……んっ、ふぁ、あっ……！」

まだ恥じらいが強いせいか、ふたりとも控え目な声。それでも、ペニスが擦れるだけで興奮したように身体を震わせている。

「ふたりとも、そのままの体勢でいてくれないか……」

「は、はい。それは構いません、けど……」

「何を、するの……？」

「せっかくだから、ふたり同時に擦りつけようと思って」

　俺は光のお尻を上から押しつぶすかのように両手で鷲掴みにした。そして下になっているソフィーヤとの身体を密着させると、ふたりの割れ目に沿うようにペニスを押しつけスマタをはじめる。

「ひぁっ……!?　あっ、んっ……あ、熱いの……押し当てられて……ふぁ、あっ……！　やぁんっ、あっ、あっ……旦那様のオチンチンが……んっ、擦れて……ぁ、あ、あっ……」

　スマタを続けていると、程なく、くちゅっ、くちゅっ、と湿った音が聞こえてきた。

股間にペニスを擦りつけられ、そろって恥ずかしげに頬を赤らめる。

「だ、旦那様……んっ、ふぁ、あっ、これって、その……」

「いわゆる、ダブル素股ってやつだ。ソフィの感触、めちゃくちゃ気持ちいいぞ……？」

「は、はい……ありがとう、ございます……旦那様……」

面と向かって言われ、ソフィーヤは恥ずかしげに身をよじった。

そんな反応が、すごく新鮮で可愛らしい。

「ね、ねぇ、私のオマンコはどう……？　んっ、あっ、気持ち、いい……？」

「ああ……もちろん、光のもすごくいい……」

ふたりの性器が重ね合わされ、その間に俺のペニスが挟み込まれている。濡れ具合も、凹凸からの感触も、すべてが気持ちいい。

「じゃあ、動くからな……？」

俺はふたりにそう囁きかけると、ゆっくりと腰を前後に動かしはじめた。

「ひゃっ……んっ、んぅっ……ふぁ、あっ……あんっ、ぁ、あっ……ん、んぅ……」

「やんっ、旦那様ぁ……ふぁ、あっ、んっ……ぁ、やんっ、んっ、ふぁ、あっ……」

挟み込まれた状態で、ふたりの敏感なところにペニスが擦れていく。ふたりとも素股で感じているのか、愛液の量が増していた。おかげで滑りが良く、快感も強くなってくる。

「はぁ、はぁ……んっ、んぅっ……ふぁ、あっ、や、んっ、これ、変な感じ……です……ふぁ、あっ……オマンコに、旦那様のオチンチンがいっぱい擦れて……ひゃ、あっ、ゾクゾク、してしまいます……んぅっ、ひゃ、あっ……」

ソフィーヤは感じているかのように、乳首をコリコリに固くしていた。

呼吸も自然と荒くなり、色っぽい表情を浮かべている。

「はぁ、はぁ、はぁ……んっ、ん……んぅっ、ふぁ、あ……んっ、ぁ、ぁ……ひゃっ、ぁ……んっ、んぅ……んぅぅっ、んっ、んっ、んっ、んぅっ……！」

光は……声を一生懸命こらえているのか。ソフィーヤほど素直な反応ではないが、これはこれで興奮する……。

「光はエロいな……必死に声をこらえてるけど、股間がびしょ濡れで音がしまくりだぞ」

「……っ、ふぁ、あっ……な、なに、よぉ……。いきなり、そんな……ひぅんっ……べ、べつに、声をこらえてるわけじゃ、ないし……」

「でも、めちゃくちゃ感じてるんだろ？　ほら……エロい音がすげぇしてる」

わざと音が大きくなるように腰を前後に動かすと、部屋中にクチュクチュという音が響き渡る。

「ほら、光からエロい音がしてるだろ……？　どんどん、マン汁が出てきてる。発情したメス犬じゃあるまいし、恥ずかしくないのか……？」

「ひゃっ、あっ……ばかぁ……っ、どうして、そんなこと言うの……？　んっ、ふぁ、あっ、ひゃ、あっ……！　ばか、ばかぁ……感じちゃうんだから、しかたないじゃない！」

軽い言葉責めに光は羞恥心《しゅうちしん》で身体を強ばらせた。だが、身体は正直だ。股間をグリグリ弄られていることで、どうしてもエロい声が漏れてしまう。

俺とふたりだけなら問題はないのかもしれないがソフィーヤも一緒だということで、普段以上に恥じらっているようだ。しかもこれが光が求めている3Pの魔力なのである。

「その点は、ソフィも同じだよな？　マンコをこんなに濡らして、とてもお姫様とは思えないし……。メス豚って呼ばれたほうがピッタリなんじゃないか……？」

「あ……旦那様、そんな、酷いです……メス豚だなんて……そのようなことを言われたら、私……興奮してしまいます……」

えっ……？　俺になじられた途端ソフィーヤは発情したように頬をゆるめた。

身体を震わせ、呼吸も荒くなり、潤んだ瞳で俺を見つめ返してくる。

「旦那様、私はメス豚でも構いません……んっ、はぁ……ですから、もっと……してくださいませ……旦那様のぶっといオチンチンで、このメス豚をいじめてください……っ」

ソフィーヤもかなり恥じらっているはずだ。だが興奮のほうが勝ったのか、よろこんでおねだりをしてくる。

「……分かった。そんなに言うなら、すぐに突っ込んでやる」

「……っ⁉」

俺がソフィーヤのおねだりにうなずくと、光が息を飲んだのが分かった。だが、それを無視して、俺は素股で押しつけていたペニスをソフィーヤの中へと導いていく。

「んぅうっ、ふぁ、あっ……や、あ、あっ……入ってきました……っ！　はぁっ、はぁっ、旦那様のガチガチなぶっといオチンチンが、私のオマンコを押し拡げてます……ふぁ、あ、あ、あっ……！」

すでに十分に濡れていたソフィーヤの膣内は、あっさりと俺のモノを受け入れた。

ぐちょぐちょで温かな膣内に迎え入れられ、ぎゅっ、ぎゅっと強く締めつけられる。

「くっ……ソフィの中、めちゃくちゃ熱い……っ」

「んっ、ふぁ、あっ、いかがでしょうか……？　私の中は……旦那様のが欲しくて……んぅっ、ずっと、濡れていたんです……」

「ああ……めちゃくちゃ気持ちいいよ、ソフィ」

ジッとしていても、とろけてしまいそうなほどに心地良い。堪らずに、俺はさっそく腰を前後に振ってソフィーヤの膣内を貪り始めた。

「ひゃっ、あっ、あっ、あっ……んっ、あんっ、ふぁ、あ、あっ！　やっ……んっ、はぁっ、あぁっ、旦那様……ふぁ、あっ、気持ち、いいです……、あんっ、あっ、あっ、あっ、いっぱい……ひぅんっ、中で、暴れて……ふぁ、あっ、奥も、ずぅんって……んっ、ふぁ、あ、あっ……！」

リズミカルに。でも、激しく腰を使って、ペニスを膣奥に打ち付ける。濡れ濡れの膣内はとろけるような感触で、しかも優しく俺を包み込んでくる。前後に抽送していると、ペニスをぎゅうぎゅう締めつけながらしごかれていく。

「あんっ、やんっ、ふぁっ、あっ、あっ、あっ……はぁっ、はぁっ、んぅぅ……あんっ、あ

っ、あっ、あっ……！　旦那様ぁ……！　ひぁっ、あっ、赤ちゃんのお部屋、コツコツって……ふぁ、あっ、すごい、です……いいですぅっ！　ふぁ、あ、あっ、そんな……ひぁっ、あっ、激しくて、私……あんっ、あっ、あっ、あっ、あっ……！」

奥を突けば、ますますソフィーヤの膣内から愛液があふれ出す。

激しい抽送を繰り返していると、ドンドン締めつけもキツくなる。

快感がじわじわと迫り上がってきて、射精感が少しずつ膨らんでくる。

「ね、ねぇ、私も……私も、欲しいの……」

「はぁっ、はぁっ、光はこっちだ……っ」

遅ればせながらも、光もおずおずといった具合におねだりをしてきた。だが、いまはソフィーヤに挿入しているため、代わりに光の膣内へは指を押し込んでいく。

「ひっ……ふぁ、あ、あ……っ、んっ、あんっ、あ、あ、あ、あっ……！　やぁん、指が、挿って……んぅっ、んっ、んっ……ふぁ、あっ、ん、や、あ、あっ……！」

指を入れた瞬間、光の腰がビクリと跳ね、蜜壺からは大量の愛液があふれ出してきた。

一方で俺は光の膣内を指でかき回しながら、強く、ソフィーヤに腰を打ち付けていく。

「ん〜〜〜っ‼　ふぁ、あっ……！　や、あっ、だめ、です……そこ、あ、あ、あ、あっ……！　イクぅっ、イッちゃう……旦那、様ぁ……ふぁ、あ、あ、あっ……」

ソフィーヤは最後に大きな声をあげ、上に乗っていた光ごと身体を弓なりにしならせる。

「んぁあぁぁぁぁぁぁぁぁぁぁぁぁぁぁっ……‼」

「えっ……、ぐ……っ、う、おっ……⁉」

激しく突き過ぎたのか、ソフィーヤは突然限界を迎えたようだ。膣壁が突然激しく俺のペニスを締め付けてきた。それでも俺はなんとか膣奥までペニスを押し込むと、ソフィーヤは大きくのけぞり、声をあげて絶頂してしまった。

その絶頂に合わせて膣内も大きくうねり、ペニスにこれ以上ない快楽を流し込んでくる。

「や、やばい……、それ……、出る……っ」

我慢をしようと考える暇もなかった。俺にできたのは、その絶頂に合わせてソフィーヤの最奥で精液をぶちまけるだけだった——。

「や、あっ、あ……んっ、出てます……！　ふぁ、あっ、んぅぅぅぅぅぅぅっ……！」

その声を聞きながら子宮口にペニスの先端を押しつけ、欲望のままに精液を吐き出す。

「はぁっ、はぁっ、ふぁ、あ、あ、あ……旦那様の赤ちゃんの素が、どぴゅって……して……ひぁ、ふぁ、あ、あ、んぅぅぅっ、あふれちゃいます……ひゃ、あっ、あっ……」

射精している間もずっとソフィーヤも締めつけてきていた。やがて膣内に大量に放出された精液は、その許容量を超えて結合部から溢れ出てくる……。

「はぁ、はぁ……中出し、いいなぁ……。ねぇ、次は私でしょ……？　私にも早く挿れてぇ……お願い、だからぁ……」

俺とソフィーヤの行為を眼前で見せられた光は、差し込んだままの俺の指をぐいぐい締めつけ、自分から腰を振っていた。もう我慢できないといった具合である。

「はぁ、はぁ……分かった。次は光だ……！」

俺はソフィーヤからペニスを引き抜くと、今度は光だけを四つん這いにさせて、そのまま後背位の体勢で奥まで突き入れていく。

「ひっ、ふぁ、あっ、ん、ぁあぁぁぁぁぁぁっ……！　あんっ、あっ、あっ、あっ！　すご、い……んっ、奥に……んぁあっ、奥にオチンポ、届いてる……よぉ……！」

光のいちばん深いところに、コツンッと頭を打ち付けた。途端、ものすごい勢いで膣内が収縮し、ペニスを離すまいと締め付けてくる。

「はぁっ、はぁっ、あ……んっ、これ好き……ふぁ、あっ、私の中、オチンチンでいっぱいに……ひゃっ、あんっ、なってるぅ……っ」

「ふぁ……すごい、です……。旦那様のオチンチンが、光さんのあんなに深くまで……はぁ、はぁ、後ろから激しいのもいいです……んっ、あんっ……はぁ、はぁ……」

バックで責められる光を見て、ソフィーヤはうらやましそうに呟く。やがて余韻も冷めやらぬ中、自らの股間に手を添え、くちゅくちゅ音をさせながら弄り始めていた。

なんというか……めちゃくちゃ、エロい。

「ふぁ、あっ……!?　やっ……な、何で……？　中で……オチンチン、大きく……なって……っ……はぁっ、はぁっ、や……んっ、んっ、あっ、あっ、あっ、どんどん、激し……あ、あ、あっ……！」

射精したばかりでも、強い興奮のおかげでペニスも萎えることを知らない。俺は指が食い込むくらい光のお尻を強く掴み、激しく腰を叩きつけていく。

そのたびに結合部は激しく音を立てて愛液を飛び散らせている。

「ひゃっ、あんっ、あっ、あっ、ひぅっ……んぅぅぅっ、ふぁっ、あんっ、あ、あ、あっ！

やあっ、あっ、んっ……ふぁ、あ、あっ！　奥ぅ……ふぁ、あっ、らめぇ、そんな、パン、パンって……、強過ぎ……らからぁぁっ！　んぅぅぅっ、ふぁ、あっ、や……んぁあっ、あんっ、あんっ、パンパン、激し……らめっ、あ、あ、あっ、んぁあぁぁっ……！」

何度も続けて、ずんっと強く膣奥を突き上げる。光の膣内はとろとろで、突けば突くほどにペニスに絡みついてきた。締め付けも強く、搾り取られるようにペニスがしごかれ、堪らなく気持ちいい！

「はぁっ、はぁっ、光……これが欲しかったんだろ？　ほら、思う存分感じてくれ！」

「あっ、あっ、あっ、欲しかった、けどぉ……ひぁっ、あっ、激し、過ぎて……んぁっ、あっ、あっ、や、らめぇ、らめ、らめぇぇっ！　こんな、のっ、イッちゃう……ふぁっ、あっ、あんっ、あっ、あっ、激し過ぎて、すぐにイッちゃう、からぁぁっ……！」

ビクビクンッと光の身体が跳ねていた。息も絶え絶えになっていて、余裕をなくしてとろけた表情で喘いでいる。

一方でソフィーヤに目を向けると、先ほどまでのゆっくりとした指使いとは違い、二本の指を激しく前後させては絶頂に向かおうとしていた。

「はぁ、はぁ……んっ、んっ……あんなに……んぅっ、光さんのオマンコがめくれ上がって……んっ、ふぁ、あ……旦那様の大っきいオチンチンが、出たり入ったりして……！　もし、光さんが……私だったら……、ひゃっ、あ、あっ……んんんっ――――！！！」

ソフィーヤが食い入るように俺と光の結合部を見つめていた。自分の指を俺のペニスに見立てているのか、俺の腰の動きにリンクさせるように激しく膣内をかき回している。

「ひゃっ、んっ……ふぁ、あっ、私も、欲しい、です……んぅぅっ！　あぁ……あんな、たくましいので貫かれたら、私……ふぁ、あ、あ……っ」

くちゅくちゅと音が大きくなっていく。しかし股間を弄るだけでは物足りないのか、もうひとつの手を使って乳首を摘んでは、それをこね回しはじめた。

「はぁっ、はぁっ、や……ぁ、あっ、み、見ないで、ソフィーヤ……ふぁ、あっ、こんな、とこ……んぁあぁぁっ！　やぁんっ、ふぁ、あっ、あんっ、あっ、あっ、私、こんなところ……ソフィーヤに見られて……ひぁっ、あ、あ、あ、あ、あ……！」

「くっ、な、なんだ、締め付けが……っ」

ソフィーヤに見られていることで、光も過剰に興奮しているようだ。急激に膣内の締め付けがきつくなったことに、俺のほうも急激に射精感が込み上げてくる。

「んぅぅっ、ふぁっ、あんっ、あっ、や、あっ……！　大っきい……大っきいのぉっ！　オチンポ……あぁっ！　大っきくなってぇ……やぁっ、らめ、らめ、らめぇぇっ！　あんっ、あんっ、あんっ、あ、あっ、子宮に、グリグリって……っ、ふぁ、あ、あ、あ、あっ……！」

そんな言葉とは裏腹に、光はますます乱れていく。

腰を打ち付ける速度も増していき、肉を打つ音と淫靡な水音ばかりが大きく響く。

「はぁっ、はぁっ、く……っ、光、そろそろイきそうだ……っ」

「う、うん……んぁぁっ、出してぇぇ、オチンポ汁、ぴゅっぴゅしてぇぇぇぇ！」

俺も、光も、もう限界が近い。背筋を震わせるような快感を堪えながら、貪るように光の膣内をかき回す。

「んっ、んっ、んっ……はぁ、あ……あんっ、んっ……ふぁ、あっ、あっ、あっ……あんなに、かき回されては……わ、私、んっ、んぅぅうっ……あっ、あ、あ、あ……っ」

ふと見るとソフィーヤの指の動きもさらに加速していた。穴を数本の指でかき回し、勃起したクリトリスを擦っていく。そして俺に後ろから激しく突かれる光よりも先に、ソフィーヤは絶頂してしまった。

「私、イクぅっ、イッちゃい、ます……あ、あっ……んくぅぅぅぅぅっ……!!」

ブリッヂをするように背を反らし、股間を突き出しながら喘ぐソフィーヤ。その股間からは勢い良く愛液が噴き出した。

「んっ、んぅっ、んっ……ふぁ、あっ……はぁっ、はぁっ、ふぁ、あ、あ、あ……はぁっ、はぁっ……。光さんより先に……、イッて、しまいました……はぁっ、はぁっ……」

全身をビクンビクンッと震わせ、ソフィーヤはグッタリと横たわる。そんな彼女を見ていたら、俺も限界がきてしまう。

「くっ……俺も、イクぞっ……！」

「ひぅんっ、ん、ぁっ、ふぁ、あっ、イクぅぅ、私もぉっ、イク、イクのぉ、イク……っ！イ……っクぅぅぅぅぅぅぅぅぅぅぅぅぅっ……!!」

ソフィーヤのあとを追うようにして、光も絶頂を迎えようとしていた。

膣内が強烈に窄まり、ぐちゅぐちゅの膣内で痛いほどに締め付けられる。絶頂の余波なのか、小刻みにぜん動しながらヒダが絡みついてきた。

「はぁっ、はぁっ、出、る……！　光……っ、受け取れっ!!」

「ひあっ、あっ……んぅうっ！　イク……、イクゥウウウ――――！！！！！！！　あ、あ、あ、あぁあああぁあぁぁあぁあぁぁぁぁぁっ………!!」

その声に合わせるように、俺も子宮を目掛けて腰を突き上げた。そしてペニスが子宮口に頭を打ち付けたと同時に思いっきり射精する。

「はぁっ、はぁっ、んっ……んっ、ふぁ、あっ、出て……るぅ、精液、出てるぅぅっ……赤ちゃんのお部屋……ひぁ、あっ、あたってぇ……んっ、ふぁ、あ、あ……！」

膣内で精液を受け止め、光は全身を震わせ始めた。一滴も残すまいとするかのように、射精中のペニスを締め付けてくる。

「ふぁ、あ、あ……はぁっ、はぁっ……しゅごい……オマンコ、いっぱい……らよぉ……はぁっ、はぁっ、はぁっ……ふぁ、あ……もぉ、私……らめぇ……」

射精が止まったころには、光は果ててしまったようにグッタリしていた。荒い息を繰り返し、股間からは中に出した精液をあふれ出させる。

「はぁ、はぁ……旦那様、お疲れ様でした……。とても、素敵でした……」

「あ、ああ……さすがに、俺も体力がキツい……はぁ、はぁ、はぁ……」

俺はグッタリするふたりの横で、荒い息を繰り返す。

そのとき俺の脳裏にふとした閃きが訪れた。

(そうか……、俺の理想とするハーレムはこれかもしれない……)

その予感を忘れないうちにふたりに伝えておきたい。

「光、ソフィ。俺、自分が目指す理想のハーレムが見えた気がする」

「どうせ激しいエロで私たちを従わせる〝エロDVハーレム〟とかでしょ？」

「私はそれでも構いませんが……♪」

「いや……違うからな？」

俺の目指すのは「毎日五人の奥さんとイチャイチャしまくる幸せいっぱいなハーレム」だ。俺の両脇でまだ息が整わない様子のふたりを見て俺はあらためて思う。

光、ソフィーヤ、シャルローネ、キキ、そしてマルー姉さんの全員を私生活でも夜の生活でも幸せにする。なかなか大変だと思うが、道が険しいほど極め甲斐があるというものだ。

まずは五人同時に相手をしても余裕なくらいに体力と精力をつけていかなければならないだろう。それでも俺は、やってみせる。歴代でも屈指のハーレム王になってやる！

そう誓いながらまどろみの中で目を閉じると、まるで未来を暗示するかのように、まぶたの裏には嫁ファイブが艶かしい姿で微笑んでいた——。

エピローグ

戴冠式、結婚、そして初めてのエッチ。こちらの世界にきて数々のはじめてを経験してきた俺だが、今日もまたひとつはじめてが生まれてしまった。

それは〝はじめての６Ｐ〟だ。

俺は嫁ファイブ全員を部屋に招き入れると、ベッドの上で裸になり本日の主旨を説明していく。少しは抵抗されるかと思っていた提案だが、さすがは俺の奥さんたち。一も二もなく賛成してくれて、いまは濃厚なご奉仕の真っ最中である。

「ちゅっ、れるっ……んっ、ちゅ……ぴちゃっ、んっ……オチンチン、大きい……」

「はい……ん、ちゅ、ご主人様の、カチンコチンで……ちゅる、ん、すごいです……」

「ちょっと、私が舐めるんだから……ちゅ、んっ、ふたりは少しは遠慮してよ……んっ、ちゅる、ぴちゃっ……」

勃起したペニスを、キキ、シャル、光の三人が奪い合うように舐めていた。三人三様の舌使いで舐められ、ペニスは快感でビクンビクンと震えていく。

一方でソフィーヤとマルー姉さんは、胸を俺に押しつけて快楽を得ようと必死だ。

「では私は旦那様のお好きなこのおっぱいをどうぞ……。あんっ、このおっぱいは旦那様のものですから、好きに使ってくださいね……？」

「陛下……あんっ、こちらも、お使いください……、揉んでも、舐めても、顔を埋めても構いませんので……んっ、どうぞ私にお情けを……」

　抜け駆けするかのように俺の手を自分の豊かな胸に誘導する姉さんだったが、そんな姿を見て抗議の声をあげるシャルと光。

「あっ、ずるい、マルー宰相っ。お兄様の寵愛は私のなんだから！」

「ちょっとぉ、勝手にあんたのにしないでよっ。マルーさんも、抜け駆けする気⁉」

「い、いえ、私は……陛下に気持ち良くなっていただきたいだけで……」

　みんながみんな発情して俺の寵愛を奪い合っている。

　お互いにけん制しつつも、各自が積極的

に俺にアピールしてくれている。

なんだか……幸せだ。

「んっ……あん、はぁ、ん……ふぁ、あ……旦那様、乳首を弄られますと……ひゃっ、あっ、私、エッチな気分になっちゃいます……」

「ちゅる、んぅ……ぴちゃっ、ンッ……はぁ、はぁ、ご主人様は、ここ……お好きでしたよね……？　オチンチンの裏の……ちゅる、スジのところ、いっぱい……ん、ぺろぺろします……ちゅ、れるっ……ん、ちゅぱ、ちゅっ……」

言い合う三人を尻目に、ソフィーヤとキキは黙々と俺へのご奉仕を始めている。

「ああ……ソフィのおっぱいは、揉み心地がいいな」

「あんっ、んっ……はぁ、はぁ、ふふ、うれしいです。もっと、いっぱいクニクニしてください……んっ、ひゃ、あっ……♪」

ソフィーヤは軽く乳首を摘まんだだけでエロい声をあげ、耳でも俺を楽しませてくれる。

色っぽく喘ぐ姿に興奮は煽られ、股間はますます充血してしまう。

「キキも、そのまま続けてくれ……。くっ、そこ、めちゃくちゃいい、から……」

「はい……ご主人様。ちゅっ、れるっ……ぴちゃっ、ちゅる……んっ、ちゅぱ……んっ、ちゅる……たくましくて、んっ……ピクンピクンってしてます……ちゅ、んぅぅ……」

ぴちゃぴちゃと、音を立ててペニスを舐め回される。先端からは先走り汁がにじみ出し、それに気付いたキキが丁寧に舐め取ってくれる。

「あっ……キキちゃん、ひとりでずるいっ。私も……ちゅ、んぅぅ……ちゅ、ぴちゃっ、んぅぅ……、はぁ、はぁ、んぅぅ……ちゅ、れる……ふぁ、オチンポ汁、おいしい……んぅぅ……ちゅ、んっ……」

「光、あんた……!?　くぅぅ……、お、お兄様、私も……ちゅ、私にも、オチンポ汁、欲しいの……ちゅ、ぴっちゃっ、ちゅ……ん、れるっ……」

キキがペニスを舐めるのを見て、光とシャルも言い争っている場合ではないと悟ったのだろう。たっぷりと唾液を絡ませながら、競い合うようにして俺のペニスに舌を這わせ始める。

「陛下、その、お見苦しいところをお見せしました……。そのぶん、私も精一杯ご奉仕いたします……」

「ああ……姉さん。それじゃあ、すこし激しくおっぱいを揉むよ……？」

「はい……どうぞ、陛下。ご自由におっぱいをお使いください……」

「わ、私のもどうぞ、旦那様……」

俺は目の前に差し出された姉さんとソフィーヤの乳房を鷲掴みにする。しかしただ揉むだけではつまらない。せっかくの異なるたわわな果実だし、是非とも揉み比べてみたい！　俺はたぷんっと揺らしながら、姉さんとソフィーヤがそれぞれに乳房を差し出してくる。俺は遠慮することなく、そのふたつの膨らみをこね回しはじめた。

「ひゃっ……んっ、ふぁ、あ……旦那様……んっ、あんっ、あ、あ、あっ……！」

「んぅぅっ、ひゃ……ぁん、んっ……ふぁ、あ……指が、食い込んで……っ！　んっ、あっ……陛下……あんっ、すごい、です……ふぁ、あ、あ……っ」

柔らかな、極上果実がふたつ。それぞれに大きさも固さも異なり、弾力も異なってとても揉み応えのある感触だ。特に姉さんの巨大な感触は、ひと言では説明できないような迫力がある。

「はうっ……んっ、あ、あの、陛下……？　触り方が……ふぁ、あっ、ソフィーヤ姫より……んっ、ねちっこい、気が……んぅぅぅっ」

「……それだけ、姉さんのおっぱいがすごいってことだよ」

下からすくい上げるように持ってみると、その重量がハッキリと分かる。むぎゅっと掴めば俺の手に合わせて形を変え、見た目も俺を楽しませてくれる。

「旦那様、私のおっぱいはいかがでしょうか……？　んっ、あっ……大きさは、マルーさんほどではありませんけど……」

「ソフィーヤのは、張りがあってツンッと上向きで、これはこれで素晴らしいよ」

正直な気持ちとしては、どちらも良過ぎて甲乙なんてつけられない。

「ひゃっ、んっ……んっ、ぁ、あっ……はぁ、はぁ、んっ……ふぁ、あ、あ、あっ……！」

「陛下の手が、乳首の……ひゃっ、敏感なとこを、くりくりして……あんっ、あ、あっ、んぁあぁぁぁあ……っ！」

「やんっ、あっ、あっ、旦那様っ、乳首ばっかり……んぅっ、ひゃっ、あっ、感じてしまいます……ふぁ、あ、あ、あっ……！」

大きな膨らみを揉むだけではなく、しっかりとふたりの乳首を摘まみ、指の腹で転がしていく。その刺激にすぐに反応し、乳首をぷっくりと膨らませていた。俺はさらにツンツンになった乳首をこね回すように弄っていく。

「ひゃっ、あっ……んっ、あっ、あっ、ふぁ、あ……んっ、んぁあぁぁぁ……！　やぁんっ、旦那様っ、そこ、ばかり……ひぅんっ、されますと……あ、あ！　だめ……ですぅっ、私、感じてしまって……ふぁ、あっ、オマンコがオチンチンを欲しがっちゃいます……！」

切なげに喘ぎながら、ソフィーヤはモジモジと腰を揺らしていた。すでに股間が濡れて太股にまで愛液が滴ってきている。

「はぁっ、はぁっ、陛下……ぁんっ、あっ、あっ……おっぱいばかり、ですと……んぅっ、私も……切なく、なってしまいます……。んっ、んっ、あっ、あっ……やっ、ふぁ、あ……オマンコが濡れてしまって……、子宮が疼いて……んぅっ、切ないです……」

姉さんも、ソフィーヤと同じくすでに股間は濡れ濡れだ。それに俺にずっと胸を揉まれ続けているせいか、全身もしっとりと汗ばんできている。その汗の匂いに、俺は生唾を飲み込んだ。匂い立つ美女と美少女のおねだりに、いやでも興奮が込み上げてくる。

「ちゅ、んっ……ぴちゃっ、むぅ……なんか、私たちが無視されてる気がするぅ……」

「お兄様、酷い……ちゅっ、れるっ……こんなに、オチンチンに尽くしてるのに……ちゅっ、ちゅぱ……」

「くっ、う、ぉっ……！」

その瞬間、光とシャルが抗議するかのように激しくペニスを弄りはじめた。その途端、意識が下半身に向き、血がめぐり、ペニスはますます固く大きくそそり立つ。

「ちゅっ、ぴちゃっ、ちゅる……んっ、ちゅぱ、れるっ……ちゅっ、んぅぅ……。そうよ、お兄様……♪　お兄様は……こっちに集中……していれば……いいの……♪」

ゆっくりと、竿の形を確かめるようにシャルの舌が這い回る。

「ちゅ、んっ……先っぽから、ぬるぬるがいっぱい出てる……んっ、ちゅ、ぴちゃっ、ちゅぱ、ちゅっ、んっ……、んぅぅ……ちゅ、ちゅる……ぴちゃっ、美味しい……んぅぅっ」

光はペニスの先端ばかりを集中して舐め回していた。にじみ出した先走り汁を舌で舐め取って広範囲に塗りつけていく。ぬるぬるな感触が、めちゃくちゃ気持ちいい。

「ちゅ、んぅ……はぁ、はぁ、あの、ご主人様……ここは、いかがでしょうか……？　タマタマも……ちゅる、んっ……さっきからキュンってしてます……ちゅ、れる……」

「くっ……や、ヤバい、そんな……されると……くっ、う、あっ……！」

先端を光に、竿をシャルに取られてしまったからだろうか？　キキは玉袋に吸い付き、舌先で陰嚢をくすぐってきた。さすがに、この連係攻撃はマズい……。

「ちゅる、んっ……ぷは、ご主人様、どぴゅってしそうなんですか……？　ちゅっ、はぁ、はぁ、ぴちゃっ、いっぱい、赤ちゃんの素……ちゅる、出してください……」

「あんっ、ンッ……ちゅ、オチンチンがぴくんぴくんって……、はぁ、はぁ……。お兄様……ちゅっ、出してぇ。どぴゅって、いっぱいして……んぅぅ……ちゅっ、ちゅっ……」

キキとシャルの舌使いに、ますます熱が籠もってきた。ぴちゃぴちゃと、エロい音が大きく聞こえてくる。

「んっ……はぁ、はぁ……。私も……っ、んっ、オチンポ汁、いっぱい欲しい……んっ、ちゅ、れるっ……、んぅぅ……はぁ……出して……？　いっぱいドピュってして……？」

光はそう言うとペニスの先端を舌先で押し拡げるように刺激してきた。

「くっ……ヤバい、出る……っ、う、あぁあぁぁあ……！」

三人の強烈な愛撫に言い表し難い快感が込み上げてくる！

その瞬間俺は射精のために腰を突き上げていた。そして湧き上がってくる衝動そのままに、三人の顔を目掛けて精液をほとばしらせる。

「きゃっ……!?　あんっ、んっ……ふぁ、あっ、すごぉい、いっぱい……出たぁ……」

まずは、ペニスの先端を刺激し続けていた光が、驚いたように声をあげた。派手に噴出した精液は、光の顔やシャル、キキの顔を白濁に染めていく。

「んっ……ふぁ、あっ……はぁっ、はぁっ、すごい……んっ、お兄様のオチンポ汁……んっ、はぁ、はぁ……」

「ンッ、ンッ……ちゅっ、れるっ……ふぁ、ご主人様のせーし……んっ、ちゅ、すごい、濃い匂いがしてます……」

間近で精液を浴びた三人はそれぞれに興奮したような声を漏らしていた。キキは精液がべっとりとついたペニスに舌を這わせ、うれしそうに舐め取っていく。

「はぁ、はぁ……陛下……ちゅっ、んっ……」

「んっ……あん、旦那様……。そろそろ、私……」

ソフィーヤと姉さんも精液の臭いで興奮したのか、とろんとした表情を浮かべていた。

「はぁ、はぁ、よし……全員、そこに並べ！」

俺の言葉に五人は濡れた股間を突き出すようにして、それぞれに横になっていく。

「さすがに、すごい眺めだな……」

五人全員が、美女、美少女だ。それが一糸纏《まと》わぬ姿で、股間を濡らして期待に満ちた眼差しを向けてくる。これで興奮しないわけがなかった。

「あ……ご主人様のオチンチンが、また大きくなってきました……」

一度射精して萎えかけていたが、すぐにムクムクと起き上がっていくペニス。全員が、物欲しげな目で見つめてくる。

「ね、ねぇ、オチンチン欲しいの……。お兄様、お願い……」

「陛下……ど、どうか、お情けをください……」

自分から股間を広げるようにして、自分からして欲しいとアピールするシャルと姉さん。

俺は全員を均等に見渡し、生唾を飲み込む。

「決めた。最初は、光からだ」

「あっ……！　う、うんっ、きて！　そのぶっとくてカチンコチンので、いっぱい突いて！」

「ああ……言われるまでもないっ」

もう、俺の興奮は最高潮に達していた。光の股の間に身体を入れると、そのまま愛撫もなしにペニスをねじ込んでいく。

「んっ、んぅぅっ……ふぁ、あっ、んぁあぁあぁぁぁぁっ……‼　やんっ、あっ、あっ、あっ、すごい……ひぅんっ、オチンポ、大きいよぉ……！　あっ、あっ、こえ、欲しかったの……んぁぁあっ、やぁん、あっ、あっ、あっ、ふぁ、ああぁぁあぁあぁぁ……！」

ヌルヌルに濡れそぼっていた光の膣内は、ペニスを受け入れるなり強烈に締めつけてきた。ぎゅっぎゅっと何度か収縮し、もう離すまいとするかのように絡みつく。

「くっ……光、締めつけ過ぎ……っ」

「だってぇ……あんっ、んっ、あっ、あっ、オチンチン、ずっと欲しかったからぁ……！　はぁっ、はぁっ、んっ、ふぁ、あっ……ねぇ、私のオマンコ、気持ちいい……？　ほらぁ……ひゃっ、あんっ、好きなだけ……ズボズボ、して……！」

呼吸を乱しながらも、光は自分から腰を使い始めた。円を描くようにくねらせると、股間からぐちゅっと濡れた音が聞こえてくる。

「はぁ、はぁ……激しくいくぞ、光……っ」

ぬるぬるでキツキツな膣内の感触に、すぐに堪らなくなってしまう。俺はすぐに腰を打ち付け、激しく光の中をかき回した。

「んぅっ、あっ、あっ、あっ、ふぁ、あ、ああっ……！　やんっ、んっ、あっ、あっ、あっ！　や、あっ、激し……んぁああっ！　ふぁっ、あっ、あっ、奥ぅっ、ずんっ、ずんって、あ、あ、あ、あっ……！」

四人が物欲しげな目で見守る中、光は我を忘れて快楽に没頭している。

「あんっ、あっ、あっ、ふぁ、あっ、そんな……ひょんっ、されたらぁ……やっ、だめ、だめ、だめぇぇっ……！」

激しく突けば突くほど、光は甘い声色で応えてくれる。特に膣奥を突き上げると、全身を震わせるようにしてひときわ大きな嬌声が聞こえるのが……堪らなく興奮する！

ただ、興奮するということはすぐに限界もやってくるわけで――。

「光……出すぞっ……！」

「あんっ、あっ、あっ、うん、きてぇ！　私も……、あっ、あっ、イクぅうっ、イッちゃう、イクッ、イクのっ、あ、あ……っ、イッ……イクぅううううううううっ……！！」

激しく身悶えながら絶頂の声をあげる光。俺も絶頂に合わせて膣奥を突き、光の奥深くで思いっきり射精していた。

「んぅぅっ、ふぁ、あっ……ん、ああ……ぁっ！　中で、出てる……ぴゅっぴゅってしてる……ぅっ、はぁっ、はぁっ、はぁっ」

光の膣内を精液で満たしても、まだまだ衰えない俺のペニス。今日のために鍛えてきた甲斐もあるというものだ。間髪あけずに俺は次を指名する。

「はぁっ、はぁっ、次はキキ、挿れるぞっ！」

もう一度や二度の射精で俺のペニスは萎えはしない。

そればかりか今日は五人を相手にしているという興奮で、いつも以上に漲《みなぎ》っている！

「あ……は、はいっ、お願いしますご主人様っ」

俺はまだ萎えていないペニスをキキの割れ目に当て、一気に押し込んでいく。

「んぁあぁぁ……っ！　そ、そんな……ひぅんっ、一気に奥に……ふぁ、あ、あっ！　ま、待って、ください……ふぁ、あっ、深くて、それ……あぁんっ、だめ、だめぇぇぇっ！」

しっかりとキキのお尻を鷲掴みにし、これでもかと腰を押しつける。ペニスはキキのいちばん深いところをえぐるように擦れ、ずんっ、ずんっと何度も突き上げていた。

「はぁっ、はぁっ、んぅぅっ……ふぁ、あっ、ご主人、様ぁ、あんっ、あっ、あっ、あっ、あっ、ふぁ、あ、あ、あっ！　ずぅんって、オチンチン……んぁあっ！　赤ちゃんのお部屋に、当たって……ふぁ、あ、あっ、あんっ、すごい、ですぅっ」

うねうねとキキの膣内がうごめき、ペニスを包み込んできた。

ぎゅぅぅぅと強い締めつけが、俺に襲いかかってくる。

「はっ、うっ……んっ、あ、あっ、ご主人、様ぁ……いかが、ですか……？　ひぅんっ、ふぁ、あっ……！　私のオマンコで、どうぞイッて……ください……。はぁっ、はぁっ」

キキの腰が大きくくねり始めた。少しでも俺を悦ばせようとしているのか、大胆に腰を振っている。

「はぁっ、はぁっ、ああ……キキの中、最高だ……くっ、はぁ、はぁっ！　このまま、中に出すぞ……」

「は、はい……んぅぅっ、ふぁ、あっ、はぁっ、はぁっ、出して、ください……んぁあっ、ドピュってして、オチンポ汁、出して……んぁあぁぁっ！」

力強く突き上げると、キキは背筋を弓なりに反らして喘ぎ始めた。愛液が、とめどなくあふれ出してくる。

「ぐ……ぅっ、イク……っ。キキ、出すぞ……！」

「ひあっ、あ、あぁっ……んぁあぁぁぁぁぁぁぁぁぁぁぁぁぁっ‼」

強烈な射精感が込み上げ、俺はそれを余すことなくキキの中へ注ぎ込んだ。ペニスが力強く脈打ち、勢い良く精液が撃ち出されていく。

「ふぁ、あ、あ、あ……奥、とどいて……ますぅぅっ、ふぁ、あっ、赤ちゃん汁……ふぁ、あっ、いっぱい、で……っ、はぁっ、はぁっ、はぁっ……も、もぉ……らめぇぇぇ……」

胎内で精液を受け止めたキキは、力尽きたように脱力していく。

「はぁ、はぁ……ソフィ、次……いいか？」

「はい、旦那様……♪　どうぞ、オマンコを使って気持ち良くなってください……」

「いくぞっ！」

正常位で俺のチンポを待っているソフィーヤの太ももを両手でガッチリと固定すると、いまだ硬さを保ち続けているペニスをオマンコの中心にあてがい、奥まで押し込んでいく。

「あぁんっ、んっ……ふぁ、あっ……ん、あぁぁあぁぁぁぁぁ……！　やんっ、旦那様のオチンチン……ふぁ、あっ、あぁん、大きい、です……あ、あ、あっ……大き過ぎ、て……んぅぅっ、私の中が、いっぱいになっちゃってます……っ」

狭くてぬるぬるなソフィーヤの膣内。俺にあつらえたかのようにピッタリと吸い付く感触に、すぐにイキそうになる……！

「はぁっ、はぁっ、んぅぅ……ひゃっ、ふぁ、あっ、中で……んぅぅっ、オチンチンが、ピクンピクンってしてて……！　旦那様……あんっ、はぁ、はぁ、私から……んっ、動きます、ね……？　はぁ、んっ……んぅっ、ふぁっ、あっ……あんっ、ふぁ、んっ、あっ、あ、あっ……んっ、んっ、んっ、んぅぅぅぅっ……！」

少しでも俺が感じるようにと、積極的に腰をくねらせてくるソフィーヤ。肉襞が絡みつき、愛液でとろとろになった膣内で激しくしごかれる。その献身的な動きに、射精感が急激に込み上げてきた。

「くっ……まずいっ、もう持ちそうにない……っ」

すでに何度も射精していることもあって、ペニスは信じられないほど敏感になっている。まだ入れたばかりだというのに、あっという間に限界がやってくる。

「だ、旦那様……ふぁ、あっ、どうぞ……ひぅっ、いっぱい出してください……♪　はぁっ、はぁっ、奥で……んっ、グリグリしながら……んぅっ、ふぁ、あ、あっ……！」

もっと深く繋がりたいと言わんばかりに、ソフィーヤはお尻を押しつけてきた。爆発を前に膨らむペニスが、ソフィーヤの子宮を何度もノックしては愛液に塗れていく。そのたびにソフィーヤの声にもせっぱ詰まったものが混じりはじめ、膣内が激しくわなないていた。

「ひぅんっ、ふぁ、あっ、旦那様……あっ、あっ、ふぁ、あ、あっ、私、もぉ……っ」

「あ、ああ……イクぞ、ソフィ……ッ!!」

「はいっ……んぁっ、ふぁ、あっ、どうぞ……奥で、出してください……ふぁ、あ、あっ♪わ、私、イキます……からぁっ、あっ、あっ、あんっ、んっ、ふぁ、あっ、だめぇっ、イク……イクぅッ……んっ、んっ……ふぁ、あっ、いくぅぅぅぅぅぅぅぅっっ……!!」

激しくソフィーヤの身体が跳ね、痙攣《けいれん》してるかのように震えだす。子宮口にぴゅっぴゅっと飛びかかり、膣内を瞬く間に満たしていく。

「はぁっ、はぁっ、ふぁ、あ、あ……旦那様ぁ……ひぅんっ、中で、どぴゅって……いっぱい、してます……はぁっ、はぁっ……、あぁんっ、すごくて……ふぁ、あっ、はぁっ、はぁっ、はぁっ……」

強い快感の波にさらわれ、ソフィーヤは全身からグッタリと力を抜いていく。

俺は、緩み始めた膣内から、ゆっくりとペニスを引き抜いた。

「はぁっ、はぁっ、はぁっ……」

さすがに、こうも連続で射精すると、心臓が苦しくなってくる。

だが……まだ、終われない。

「陛下、大丈夫……ですか……?」

「ああ……問題ない。次、姉さん……いくからな」

さっきからずっとおとなしく順番待ちしていた姉さんへ、うむを言わさずにペニスを突っ込んだ。

「んっ……ふぁ、あ、んあぁぁぁぁぁぁぁぁぁっ……！　そんな、いきなり……っ、ふぁ、あ、あっ……！　や、あっ、あっ、深い……ですっ、奥……んぁぁっ！　赤ちゃんのお部屋に、ずぅんって……ふぁ、あ、あ、あっ……！」

いきなり深くまで突き入れられ、姉さんは息苦しそうに身悶えた。とぷっと大量の愛液があふれ出す。しかも、ぐちゅぐちゅの蜜壺はペニスをしっかりと包み込むと、優しく撫で回してきた。

姉さんが腰をくねらせるたびに、胎内でぎゅっ、ぎゅっとペニスをしごかれてしまう。

「はぁっ、はぁっ、陛下……んっ、ふぁ、あっ、素敵です……んぁあっ！　オチンチン……んぅっ、大きくて、太くて……ふぁ、あっ、私の中で……んぅっ、元気に、びくんびくんって動いてます……」

そのときぐちゅっと大きく音が響いた。姉さんは膣内を意図的に震わせ、ペニスを膣コキでしごいてくる。

「はぁっ、はぁっ、んっ……あっ、あっ、あっ、あんっ、んっ……ふぁ、あ、あっ！　陛下……ふぁあ、あっ、どうぞ……んっ、もっと動いてください……んっ、あっ、あっ、もっと……、陛下……、陛下ぁぁ……！」

かなり感じているのか、姉さんの動きはどんどん激しくなっていた。当然、俺も姉さんの動きに誘われるようにして腰を打ち付けていく。

「ひゃうっ、んっ、ふぁ、あっ、あんっ、あっ、あっ、あっ、あっ……！　や、あ、あっ、

「激し……んぁあぁぁぁあっ！　陛下ぁ……ふぁ、あっ、私、もぉ、だめ……だめぇっ……！」

ぶるりと、ひときわ大きな震えが姉さんの中を通り過ぎた。ズンッと膣奥を突き上げると、ぎゅうっとペニスを締めつけられる。

「くっ……出るっ、出る……はぁっ、はぁっ、くぅぅっ、う、あぁぁっ……！」

「はぁっ、はぁっ、陛下……陛下、陛下ぁ……んっ、ふぁ、あっ、私も……もう、イキます……ふぁ、あ、あ、あっ……ぁ……ら、らめぇぇぇぇぇぇぇぇぇぇぇぇえっ……!!」

絶頂して小刻みに膣内がうごめき、ペニスをこれでもかとしごいてくる。

「ふぁ、あ、あ、あっ……！　んっっ、中で……んぁあぁっ！　陛下の、お世継ぎ種が、出て……ふぁ、あ、あ……はぁっ、はぁっ、はぁっ……ひぅんっ、んっ……ふぁ、あ、あっ、はぁっ、はぁっ、まだ……あんっ、すごい、勢いで……んっ、んぁ、出て……っ！」

勢い良く精液をほとばしらせる。なかなか止まらない射精の勢いに、姉さんは全身を震わせて身悶えていた。俺はそんな姉さんからペニスを抜いて、最後のひとりへと向かう。

「はぁっ、はぁっ、シャル……ずいぶんと、待たせたな……っ」

「はぁ、はぁ、お兄様……ホント……ずっと、待ってたわ……早く、欲しかったのにぃ……！　ねえ、早く挿れて……？　もぉ、我慢できないの……」

「分かってる……！」

かなり消耗しているが俺は必死に呼吸を整えながら、次はシャルの膣内へペニスを押し込んでいく。

「あ、あ、あぁぁぁ……きた……の、オチンポ……ふぁ、あ、あっ……！　やっ、あっ、あっ、しゅごい……大っきくて、んっ、ふぁ、あ、あっ、ガチガチで……っ！　はぁっ、はぁっ、お兄様……お兄様ぁ、私、もぉ……んっ、あっ、あっ、あっ、ふぁ、あ……ッ！」

シャルは膣奥でペニスを感じるなり、軽く絶頂してしまったような声をあげていた。愛液が次から次へとあふれ、ペニスでかき回すために滑りを良くしてくれている。何度も収縮を繰り返し、包み込んだペニスをギュウギュウと締め付けてきた。

「んっ、あんっ、はあっ、はぁっ、んっ……ふぁ、あ、あっ、あっ！　お兄様ぁ……ふぁ、あっ、ふぁぁぁあぁっ、らめっ、らめぇぇっ、グリグリって……んぁあっ、ふぁ、あっ……！」

「はぁっ、はぁっ、くぅぅぅっ……シャルの中、とろとろだ……、めちゃくちゃ気持ち良くて……くっ、ヤバい……！」

腰に痺れるような怠さが残ってぃが、シャルの膣内が気持ち良くて、腰の動きを止められない。もっと深く……もっと深く……と腰を打ちつけ、激しく膣内をかき回してしまう。

「ふぁ、あ、あっ、オチンポ、らめ……激しいのっ、らめっ、らめぇっ！　あぁんっ、あっ、あっ、あっ、あっ、お兄様ぁっ、も、もぉ、私……もぉぉっ！」

きゅぅぅと膣内が窄まり、締め付けが強くなっていく。シャルは全身を震わせ、仰け反りながら腰を突き出していた。ペニスを咥え込んだままひくひくと震え、痺れるような感覚が全身へと広がっていく。

「はぁっ、はぁっ、イク……ぅっ、イクっ、らめ……イクぅ……！　あっ、あっ、あっ、あっ、あっ、もぉ……お兄、様ぁ、イクっ……ふぁ、あ、あ、あ、あっ……！」

「ぐっ……シャル、中に出すぞっ……！」

心臓が激しく脈打ち、呼吸が苦しくなってくる。それでも俺はシャルを抱きしめ、その膣奥へと思いっきり精液を吐き出した。

「い、くぅうっ、ふぁ、あっ、イクぅうううううううううう……っ‼」

「う……ぐっ、はぁっ、はぁっ、シャル……っ、シャル……！」

シャルのいちばん深いところに、ペニスの先端がグリグリと擦れていた。

腰が抜けそうになるくらい、激しい快感が俺の中を駆け巡る。

「はぁっ、はぁっ、んぅう……ふぁ、あ、あっ、れてるぅうっ、お兄様の、オチンポミルク……ふぁ、あ、あ……や、あふれて……はぁっ、はぁっ、んくぅうっ、あ、あ、あ……！」

シャルの膣内が、最後の一滴まで精液を搾り取ろうと、ペニスに絡みついてくる。そのせいか、何度も続けて射精しているのに、なかなか止まらない。だが……。

「はぁっ、はぁっ、く……ぅ、ダメだ、うあああっ……！」

いつまでも続く締めつけに耐えられず、俺は射精している最中のペニスを引き抜いた。

「ひゃっ……ふぁ、あ、あぁあっ……！　やぁんっ、また……ふぁ、あっ、出てる……っ」

「はぁっ、はぁっ、ご主人様ぁ……ふぁ、あっ、熱い、です……んっ、ふぁ、あ、あ……」

「きゃっ……ぁ、あ……どぴゅって……オチンチンが、出してます……」

「あぁぁ……陛下、まだ、こんなに……んっ、ふぁ、あ、あ、ん、あぁあっ……！」

ペニスを抜いた途端、精液が全員目掛けて飛び散っていく。

本当にこれだけの量を俺が出しているのだろうか……？　思わずそう考えてしまうほど、大量の精液が嫁ファイブを穢していく！

「はぁっ、はぁっ、お兄様ぁ……すごかった……んっ、ふぁ、あっ……」

「はい……旦那様、すてき……でした……」

「はぁっ、はぁっ、はぁっ……も、もう、限界……だ……」

初の6Pを経験し、心地良い疲労と達成感。そしてとてつもない充実感を覚えながら五人が横たわるベッドへと倒れ込む。

五人の荒い息づかいが耳に心地いい。

ここにきて俺が目指す「毎日五人の奥さんとイチャイチャしまくる幸せハーレム」はなかなかいい感じで進んでいるのではないだろうか？

全員ともつれ合いながら快感の余韻に浸り続ける俺は、確かな充足感を感じている。

嫁ファイブはことあるごとに「誰が最も俺の寵愛を受けるにふさわしいか」なんて話をしているけれど、俺としては奪い合われるモテモテ感は満更ではないものの順位をつけることに意味があるとは思っていない。

これだけやっといて「何をいまさら」とか「ヘタレ」だとか思われるかもしれないが、お手々をつないで全員同時に一等賞でもいいじゃないか。

それこそが俺の望むハーレムのかたちなんだから――。

まあいまはまだ、王としての実績もないし、説得力なんてないけど、いつかは俺の望むハーレムのかたちでみんなを幸せにしたいと思っている。
まどろみの中、俺はこの五人との幸せな未来に思いを馳せていた。

あとがき　たなかつ

こんにちは。『ハーレムキングダム』ノベライズ化をお手伝いさせていただきました、たなかつです。

本著を執筆するにあたって、原作はかなり濃厚な物語となっていますので泣く泣くカットした部分も多かったのですが……、なんとかエチエチなハーレムをお届けできていたのであれば幸いです。

そしてそのハーレムエッチだけでなく、日常シーンでの主人公と嫁ファイブとのやり取りも本作の見どころのひとつ。中でも光との小気味のいいキャッチボールは執筆をしていても「このふたり、本当に仲がいいよな」とニヤニヤしっぱなしでした。

さてSMEEさんといえばこの『ハーレムキングダム』を筆頭にテンポのいい笑いと濃厚なエロが特徴のブランド。笑えてヌケる、二度おいしいくてお徳ですよね！

さらに今ならスピンオフとして、嫁ファイブと一対一の恋愛が楽しめちゃう『ハーレムじゃないよキングダム』も発売中！　興味を持ったファンがいらっしゃいましたら、ぜひ原作共々プレイしてみてください。

ぷちぱら文庫

HaremKingdom
-ハーレムキングダム-

2021年 8月13日　初版第1刷 発行

■著　　者　たなかつ
■イラスト　谷山さん
■原　　作　SMEE

発行人:久保田裕
発行元:株式会社パラダイム
〒166-0004
東京都杉並区阿佐谷南1-36-4
三幸ビル4A
TEL 03-5306-6921
印刷所：中央精版印刷株式会社

PP0400

新刊案内
ぷちぱら文庫 388
著 たなかつ
画 七瀬にちか
原作 Calcite
定価 810円+税
ハズレスキル
いたずら魔法が超使えた件!!
異世界で
俺は
エロ経営のトップになる!
好評発売中!